ROD, COMBATTANT DU FUTUR

ANDRÉ CAROFF

ROD, COMBATTANT DU FUTUR

COLLECTION « ANTICIPATION »

ÉDITIONS FLEUVE NOIR
6, rue Garancière - PARIS VIe

ISBN : 2-265-01182-7

CHAPITRE PREMIER

Psam observa le sol de la planète Ezhache à travers son minuscope, manipula le cadran cosmique. Avant de débarquer il lui fallait encore quelques paramètres, quelques analyses essentielles.

— Alors? demanda Agor en se penchant également sur le microscoposcentrique.

— Tout semble bien aller, superaid. Nous avons conservé le 780 par constellation 005. Dérive nulle. Enregistrement de masses molécules-grammes et attraction moléculaire normaux.

— Type des molécules-grammes?

— Chimique mais à texture monocyclique, répondit Psam en consultant l'informateur.

Agor observa le cadran cosmique avec anxiété.

— Vingt millions de biocromètres, murmura-t-il entre ses dents, notre spatiofusée est à la limite, hein?... Veux-tu examiner cette brume au galaxitrome, elle prend une étrange consistance.

Psam s'exécuta, régla la molette des binoculaires.

— Molécules-grammes bioxydes, annonça-t-il, on ne risque pas de manquer d'oxygène!... Heu! En voici de nouvelles, visqueuses, omnicolores, tétratomiques, toujours à texture monocyclique mais tétraptère...

Agor eut une moue.

— Ouvre le panneau, je vais sortir.

Psam acquiesça, manipula le poussoir. Le témoin d'ouverture du sas clignota, celui du panneau extérieur s'alluma et demeura allumé, celui de descente de l'échelle se mit à clignoter. Psam dit :

— Tu peux y aller, superaid, tout est en ordre.

Agor lui frappa amicalement l'épaule, s'éloigna en direction de la coursive centrale. La spatiofusée reposait sur ses trois béquilles, stabilisateurs rentrés puisque le sol de Ezhache (nom de code EZH) se révélait parfaitement horizontal et suffisamment consistant pour ne pas craindre que l'une des béquilles s'y enfonçât.

Les analyses venaient de démontrer que

l'air y était respirable, la pesanteur supportable, que rien en somme ne s'opposait à un débarquement. Dans le minuscope, Psam découvrait un paysage jaune, une végétation violette, des monts rocheux noirs et dont les cimes étaient déchiquetées.

C'était la nuit sur Ezhache, éclairée par le rayonnement alternatif de ses quatre lunes à éclipses. Loin, au 250 du minuscope et à une bonne centaine de minutes, une sorte de lac étincelait d'un éclat d'argent glacé. Plus loin, il y avait de la neige et des nuages sur les sommets, une curieuse brume orange dans les plaines. Cette même brume qui avait intrigué Agor et dont la texture complexe ne manquait pas de surprendre.

— Psam! lâcha soudain le superaid. Il y a quelque chose dans le sas!

Psam colla l'écouteur à son oreille, rafla le micro qui se balançait doucement à portée de sa main. D'un doigt il déclencha le téléradar bâbord, lui fit exécuter un bref panoramique du sas. Il renvoya :

— Le sas est vide, superaid! Où es-tu en ce moment?

Agor ne répondit pas mais Psam entendit le rapide martèlement de ses bottes sur le rexylium de la coursive centrale. Psam fit pivoter son siège compensé, vit Agor qui reculait précipitamment en se bagarrant avec le baudrier de son fulgurant.

— Que se passe-t-il, superaid?

Agor tourna vers son raider des yeux dilatés. Psam entrevit une sorte d'éclair bleuâtre et, brusquement, Agor ne fut plus que lumière et chaleur.

Psam hurla, bondit sur le fusil thermique fixé auprès de son siège. Il l'arracha du râtelier, l'arma du pouce, pivota comme la foudre et marcha vers la coursive. Il traversa la buée d'énergie pure dégagée par la désintégration de son chef, pénétra dans la coursive... Déserte... Il subit un instant de flottement puis continua jusqu'au sas, les mains crispées sur le fusil thermique, prêt à carboniser tout ce qui se présenterait.

Agor et lui s'étaient montrés trop confiants.

Ezhache avait la réputation d'une planète d'où on ne revenait pas. Six expéditions avaient échoué sur sa masse jaunâtre. Sans lancer un ultime appel vers Obicera qui n'avait pu qu'enregistrer leur disparition...

Psam plissa les yeux, index posé sur le déclencheur du thermique. Le sas était également vide. Psam le traversa et s'approcha du panneau de sortie. Au-delà des degrés de rexylium, au pied de l'échelle, il n'y avait aucune trace de pas, aucune sorte d'empreinte dans la poussière jaune de la planète maudite.

Psam effectua un demi-tour rapide, sprinta et regagna son poste à toute allure. En dix secondes il referma le panneau extérieur, bloqua le sas, mit le petit bâtiment d'exploration à l'abri d'un mur magnétique. Après quoi il fit pivoter le minuscope, inspecta soigneusement le terrain qui entourait la spatiofusée, sans rien apercevoir de suspect.

Par qui, par quoi, Agor avait-il été tué?

Psam maîtrisa son angoisse, actionna le commutateur du visiaphone astral. Compte tenu de la distance qui le séparait d'Obicera, il lui faudrait trois bonnes minutes pour entrer en contact avec la tour de contrôle du spatiodrome.

Ecouteurs aux oreilles, il entendit un intense bruit de friture. C'était inhabituel. Il poussa la fréquence, fut assourdi par les retours d'ondes, sut instantanément que rien ne passerait à travers le champ de force négative qu'on avait établi en cloche autour du *Garan*.

Psam paniqua.

Il coupa la protection magnétique de l'appareil, enclencha les propulseurs. Ceux-ci rugirent. Psam donna les gaz, accéléra. Le bâtiment se mit à vibrer mais ne se déplaça pas d'un pouce. Il était maintenu au sol comme par une main géante. Pousser les propulseurs équivaudrait à tout faire sauter...

Psam stoppa les mises à feu, s'adossa au fauteuil, front creusé par des rides de concentration. Il se trouvait à 3,26 années-lumière d'Obicera, c'est-à-dire à très exactement 1 parsec, sans aucun moyen de communiquer avec la tour de contrôle de son spatiodrome, sans pouvoir se déplacer à bord du *Garan*. S'il sortait il connaîtrait probablement le sort tragique de Agor.

Au bout de ses réflexions, il décida d'attendre que la planète mère s'inquiétât de lui. Il avait suffisamment de dragées nutritives et réhydratantes pour tenir aussi longtemps que cela serait nécessaire. Mais, dans cette complète solitude, dans ce silence de mort, il lui faudrait veiller à ne pas perdre la raison...

Il brancha le magnétophone et commença à faire son rapport. S'il mourrait, ceux qui trouveraient son enregistrement sauraient peut-être éviter les dangers invisibles de la planète Ezhache.

***

Au troisième jour, la tour de contrôle du spatiodrome d'Oxima, capitale de la planète Obicera, reine de la 612e galaxie, entra en communication avec la base militaire voisine et fit savoir que la spatiofusée *Garan*, occupée par le superaid Ed Agor et le raider Mum Psam, en mission secrète aux confins de la 612e, n'avait pas donné sa position pendant ses vacations depuis plus de 72 heures.

La nouvelle tomba sur le bureau du général Alag Micos. Il serra les dents, se leva. C'était un homme glabre, rigide, aux yeux minéraux. Il convoqua dans la salle 12 les officiers de son état-major, s'y rendit lui-même directement. Pendant que ses officiers entraient et prenaient place autour de la table ovale, Alag Micos demeura de marbre, l'expression absente. Lorsque les membres de l'état-major furent installés, Micos dit d'un ton uni :

— Un septième vaisseau vient de disparaître aux confins de notre galaxie, quelque part dans la constellation de Whrane.

Un murmure consterné souligna sa phrase.

— Il s'agit du *Garan*, reprit Alag Micos ;

un bâtiment d'exploration dirigé par le superaid Agor et le raider Psam. Le septième en quatre ans...

Le général Tora Ulas dit :

— Etait-il également à la recherche des Lominates, ces errants de l'espace dont on dit qu'ils ont découvert la formule d'un rayon, d'un explosif, ou d'une bombe aux effets destructeurs?

Micos acquiesça.

— Le *Garan* était effectivement en mission pour tenter de trouver la trace des Lominates. Nous ne pouvons plus longtemps tolérer les actes de piraterie et de contrebande dont se rendent coupables ces gens sans foi ni loi. Dois-je vous rappeler que les Lominates ont été formés par un ramassis de révolutionnaires aigris et disposants de moyens importants?...

Le colonel Nor Odia secoua ses mèches grises.

— Nous ne l'avons pas oublié, Alag Micos, pas plus que nous n'avons oublié le refus que nous opposâmes à ton projet de noyautage des Lominates. Tu avais peut-être raison... Si les Lominates avaient été arrêtés dès la formation de leur association criminelle, nous ne serions pas dans un tel embarras... Mais comment les atteindre?

Il se tourna machinalement vers le commandant Bun Sovu, directeur de la Sûreté Spatiale de la 612e galaxie. Sovu était un homme massif, portant les cheveux en brosse. Il avait un regard métallique, la voix tranchante de ceux qui donnent les ordres. S'il n'était pas colonel ou général, c'était essentiellement sa faute. Il avait refusé toute promotion pour conserver son poste tant son travail le passionnait.

A l'interrogation muette de Nor Odia il répondit :

— Il est impossible de les atteindre dans l'état actuel des choses, mon colonel. Les Lominates se mêlent à la population des six planètes habitées de notre galaxie et nous ignorons où se trouve leur base secrète. C'est dans l'espoir de la découvrir que la spatiofusée *Garan* fut envoyée dans la constellation de Whrane.

Le lieutenant-colonel Mezhir se dressa, maigre, yeux granitiques, lèvres minces, agressif avant de parler.

— Tout ceci n'est pas sérieux! aboya-t-il. Quelqu'un protège les Lominates, c'est la seule façon d'expliquer l'impunité dont ils bénéficient! Que l'on me donne deux escadres et je m'engage à nettoyer les quatre planètes et les cinq naines blanches de la constellation de Whrane!

Bun Sovu haussa les épaules.

— C'est une façon comme une autre de se suicider, dit-il froidement. En comptant le *Garan*, sept bâtiments d'exploration ont disparu entre Broz, Dunz, Sepz et Ezhache. Je ne suis pas sûr que ton escadre et toi ne subissiez pas le même sort, Mezhir!

Alag Micos donna quelques coups de marteau sur la table.

— Pas de discussion inutile, je vous prie, messieurs. Nous ne sommes pas ici pour débattre de ce que nous pourrions faire en telle ou telle circonstance, mais pour étudier le moyen de noyauter les Lominates puisque nous ne parvenons pas à découvrir leur base.

— Tout ceci n'est pas sérieux! lança Mezhir. Nous savons tous qu'elle est dans la constellation de Whrane et c'est là-bas qu'il faut chercher!

Bun Sovu le menaça de son index :

— Quatorze de mes meilleurs nautes ont péri dans Whrane, aux confins de notre galaxie, et je m'opposerai à quiconque tentera de monter une huitième expédition! Par contre je suis de l'avis d'Alag Micos : il faut introduire l'un de nos agents dans l'organisation lominate.

Le commandant Hemur, qui n'avait pas encore ouvert la bouche, prévint alors :

— Décidez n'importe quoi mais prenez une décision ici avant que l'affaire n'arrive aux oreilles du Conseil Supérieur! Si nos vieilles barbes s'en occupent, ce sera la catastrophe. Restons entre soldats.

Et, tourné vers Bun Sovu, il commenta :

— Tu parles d'introduire un agent chez les Lominates... Il faudra un homme particulièrement habile et courageux, un homme qui ne craindra pas d'être renvoyé chez nous avec les yeux crevés, les deux mains et la langue tranchées, comme ce fut le cas pour les précédents agents mandatés par les responsables de la Sécurité Civile.

Bun Sovu acquiesça :

— Si je ne disposais de l'homme qui convient à la situation, je n'aurais pas approuvé Alag Micos. Il s'agit d'un naute de première classe, ayant le grade de capitaine dont je vous serais reconnaissant de ne pas me contraindre à vous révéler l'identité.

Il y eut un instant de stupeur parmi les membres de l'état-major. Le lieutenant-colonel Mezhir grimaça :

— Ce n'est pas sérieux, Bun Sovu! L'un

d'entre nous t'inspirerait-il de la méfiance?

Le directeur de la Sûreté Spatiale le considéra avec attention et répondit :

— Ne parlons pas de méfiance, Mezhir, mais de simple et élémentaire mesure de précaution. Si notre état-major opte pour cette formule, peu importe le nom de l'agent que je chargerai de mission. Tu t'indignes de ne pas le connaître mais, à l'instant, ne disais-tu pas que quelqu'un protégeait les Lominates?

Mezhir préféra se taire. Le général Tora Ulas eut un bref sourire et laissa tomber :

— En somme, Bun Sovu, tu nous demandes de t'accorder la confiance que tu nous refuses... Comment pouvons-nous avoir l'assurance que ton agent est effectivement le meilleur que nous avons à notre disposition pour mener à bien une mission aussi dangereuse?

Alag Micos intervint :

— En qualité de général en chef de cet état-major, je vous ai convoqués afin que nous examinions ensemble le moyen de lutter contre la pénétration insidieuse des Lominates. Indépendamment du fait qu'ils attaquent et pillent nos astronefs de transport, qu'ils capturent les passagères et assassinent les passagers de nos bâtiments de communications, leurs actions sur le plan purement politique sont extrêmement préjudiciables à l'équilibre de notre système de société. Comme la plupart des révolutionnaires, les Lominates veulent détruire ce que nous avons péniblement construit au cours des siècles, sans rien proposer de constructif. Nos informateurs laissent entendre que nos adversaires se seraient installés sur une planète inhabitée où ils accumuleraient les armes et les effectifs destinés à nous renverser. De source inconnue, et comme l'a dit Tora Ulas, nous avons même appris que les Lominates auraient mis au point une arme absolue...

Mezhir haussa les épaules.

— Tu t'exprimes au conditionnel, Alag Micos ; ce n'est pas sérieux. Ne nous laissons pas influencer par des rumeurs sans fondement. Au lieu d'essayer de pénétrer l'organisation Lominates, envoyons une puissante escadre en direction de la constellation de Whrane puisque c'est là que nos bâtiments d'exploration ont disparu corps et biens.

Le commandant Hemur secoua la tête. Il était réputé pour sa logique et son impartialité.

— Ta proposition est valable, Mezhir, dit-il, mais je pense sincèrement qu'elle est prématurée. Nous ne pouvons envoyer une escadre aux confins de notre galaxie sans tout d'abord savoir si les Lominates ne profiteront pas de l'occasion pour tenter un putsch.

— Il a raison, approuva Nor Odia. Le départ d'une escadre pour la constellation de Whrane affaiblirait automatiquement la défense d'une de nos planètes.

— Pas si nous la prenons sur Buru, se défendit Mezhir. Elle est située à l'opposé de Whrane, au-delà d'Orgo et d'Obicera!

Bun Sovu lui jeta un regard oblique.

— Tu es sans doute un bon chef de bataille, Mezhir, mais je doute que tu sois jamais un spécialiste de la guerre secrète! Si j'étais à la tête des hordes de Lominates, c'est précisément Buru ou Cini que j'attaquerais, de manière à prendre notre confédération à revers!

La discussion s'enflamma aussitôt et Alag Micos fut obligé de faire usage de son marteau d'argent pour ramener le calme. Quand le silence régna il dit :

— Nous perdons du temps en palabres stériles. Je propose que nous passions sans plus tarder au vote à main levée de la proposition défendue par Mezhir, puis de celle présentée par Bun Sovu... Qui vote pour Mezhir?

Ce dernier n'ayant pas le droit de voter pour lui-même, aucune main ne se leva en sa faveur.

— Qui vote pour Bun Sovu? demanda Micos en levant la main.

Tora Ulas, Nor Odia et Hemur l'imitèrent. Tous les regards convergèrent vers Mezhir et Micos dit doucement :

— J'aimerais l'unanimité...

Mezhir eut un rictus, leva la main et lâcha :

— Bon! Je suis d'accord mais, je le répète, ce n'est pas sérieux...

***

Le message-cassette fendit l'air et s'engouffra dans le récepteur. Une chaîne l'entraîna vers le lecteur qui le décoda instantanément et l'enregistra.

Il était 7 heures du matin quand l'homme s'éveilla. Autant par habitude que par discipline, sa main tomba sur le magnétophone. La bande magnétique se déroula et la voix du directeur de la Sûreté Spatiale articula : *Commandant Bun Sovu, base de Oxima, code 0234, à capitaine Thomas Rodaz, camp d'en-*

traînement de Huklos. 22 h 45. Stop. Veuillez prendre toutes dispositions pour application immédiate du plan ML.X10. Stop. Mission top-secrète. Pénétration des milieux terroristes et révolutionnaires lominates. Stop. Rendre compte selon normes habituelles. Stop. Terminé.

Thomas Rodaz, dit Tom Rod, sauta de sa couchette et passa sous la douche.

***

Gazette Interplanétaire Militaire. *Nous venons d'apprendre avec une profonde surprise la dégradation et le limogeage du capitaine naute Thomas Rodaz. Selon un communiqué en provenance de l'état-major, le capitaine Rodaz se serait rendu coupable d'une grave négligence. D'après des informations officieuses, on reprocherait au capitaine Rodaz son « indépendance » politique et une fâcheuse propension à la propagande auprès de ses camarades nautes.*

Un accident de spatiofusée s'est produit sur Nalia. Il a coûté la vie à...

***

Tom Rod pénétra dans l'établissement hôtelier et y loua une chambre pour la durée de la semaine. Il venait à peine d'arriver à Aizitz, seconde ville d'Obicera où, s'il fallait en croire les informateurs du commandant Bun Sovu, un puissant réseau lominate travaillait dans l'ombre à la chute du régime en place. Rod ne disposait pas d'autres éléments, savait simplement que certains groupes terroristes avaient pour coutume de se réunir dans les quartiers de la basse ville. Mais, de toute façon, Rod devait strictement se conformer à l'application du plan ML.X10 qui ne prévoyait pas la « provocation » des éléments à « pénétrer ».

En le dégradant et en le limogeant on l'avait mis en situation. La nouvelle, diffusée par la *Gazette Interplanétaire Militaire* ne pouvait avoir échappé aux responsables lominates. Un naute comme Rod devait fatalement les intéresser, autant par ses qualités professionnelles que par l'indépendance politique dont ses supérieurs l'accusaient.

Rod s'installa dans sa chambre de l'hôtel *Uranus* et se mit aussitôt en quête d'un travail.

Pendant deux jours il prospecta les compagnies civiles de transports et de commerces d'Aizitz qui, par le truchement d'annonces, demandaient des pilotes qualifiés.

Partout on le pria de laisser son adresse après avoir pris connaissance de ses états de service. La méfiance dont on faisait preuve à son égard prouvait que le commandant Sovu avait soigneusement élaboré son affaire. La réputation de Rod l'avait précédé à Aizitz. On le considérait comme un agitateur, un révolutionnaire en puissance. Il n'y avait pas une chance sur cent pour qu'une compagnie l'engage.

Au matin du troisième jour, Rod appela le commandant Sovu depuis une cabine publique de la gare où il était venu en prenant des précautions pour qu'on ne puisse le suivre. La communication était phonique. En mission on n'utilisait que très rarement le visiaphone dont l'image pouvait être dangereusement révélatrice.

— Tout se déroule comme prévu, mon commandant. Les compagnies auxquelles je me présente font la sourde oreille et j'ai sans cesse l'impression d'être surveillé.

— Vous l'êtes sans aucun doute, capitaine, assura Bun Sovu avec gravité. Soyez prudent. On vous punira sévèrement si on vous soupçonne d'être l'un de mes agents. Personne n'a encore essayé de vous contacter?

Rod jeta un regard à travers la vitre. Il

avait choisi une cabine isolée et vitrée sur ses quatre faces. Nul ne pouvait l'écouter. Par contre il repéra un homme en combinaison bleue dont le visage ne lui était pas inconnu.

— Non, répondit-il, je suppose qu'on attend que je sois acculé pour me faire une proposition.

L'homme en combinaison bleue lui tourna ostensiblement le dos et s'intéressa tout aussi ostensiblement à une jeune femme. Un turbojet démarra sur le quai voisin. Ses fusées hurlèrent, se transformèrent en grondement sous la cage de résonance du vaste hall.

— Quel est ce bruit? s'informa Bun Sovu.

— Je suis à la gare, lui apprit Rod. Avez-vous des instructions nouvelles à me donner?

Tandis que le commandant réfléchissait, Rod s'efforça de localiser les personnes présentes dans le hall, de les identifier visuellement afin de s'en souvenir par la suite. Il vit un homme âgé, faisant la navette entre le bureau d'enregistrement et celui des réservations. A gauche il y avait une jeune fille brune portant une combinaison fantaisie bicolore du plus mauvais goût. Derrière l'individu en combinaison bleue, un autre homme d'une quarantaine d'années, de stature puissante, admirablement vêtu, le regard aigu sous un sourcil épais, faisait les cent pas avec une impatience manifeste.

— J'ai effectivement un renseignement frais à vous communiquer, dit le commandant Sovu. Si personne ne vous contacte au bout d'un laps de temps raisonnable...

— Dois-je estimer le laps de temps en question? demanda Rod.

— Vous êtes seul juge, capitaine. Donc, quand vous serez las d'attendre, vous pourrez toujours essayer de rendre visite à un certain Lop Shédaï... Comme son nom l'indique c'est un Vatorien, un homme de race jaune. Il exploite un magasin dans Phungrat et nous le soupçonnons de collectionner des informations pour les Lominates. Un instant, je recherche son adresse exacte...

Rod s'appuya sur un coude, conserva l'expression concentrée qu'il avait adoptée. Il devait entrer aussi complètement que possible dans la peau de son personnage. Il figurait un naute militaire limogé sans retraite ni pension, autrement dit un naute désormais sans ressources et dont la situation matérielle était sérieusement compromise. Tout dans son attitude et son comportement devait confirmer la gravité de sa condition.

Tandis que Sovu cherchait l'adresse de Lop Shédaï, Rod continua l'identification visuelle des personnes stationnant à proximité de la cabine qu'il occupait. Il remarqua un homme jeune, à l'allure louche. Il se tenait adossé à la grille qui séparait le hall du quai, lisait un quotidien du matin avec une application suspecte si l'on tenait compte de toutes les jolies filles qui passaient devant lui.

Il était le seul à donner l'impression de n'attendre personne. Instinctivement se fut de lui que Rod se méfia le plus. A cet instant le commandant dit :

— Lop Shédaï habite la rue 243, dans le quartier de Phungrat, au-dessus de son magasin... Avez-vous déjà visité Phungrat, capitaine?

— Non. Je ne suis jamais venu à Aizitz, rappela Rod. A votre ton je devine que ce quartier offre certaines particularités?

— Exact. Les Vatoriens en ont fait un secteur très représentatif de leur planète. Niant le progrès, Lop Shédaï par exemple, exploite un magasin où l'on peut acheter des vieilleries datant de l'époque des Chong. Phungrat est suranné, pittoresque et... dangereux. Si Lop Shédaï éprouve quelque méfiance envers vous, le patrouilleur vous retrouvera certainement avec plusieurs centimètres d'acier dans le corps.

Rod ne cilla pas. Il n'en était pas à sa première mission ni à sa première blessure. Il questionna :

— Sous quel prétexte rendrai-je visite à Lop Shédaï? Je ne le connais pas, je ne suis jamais venu à Aizitz. Si je ne vais pas le voir dans un but précis...

— Une seconde! coupa Sovu. Vous pensez bien que ma suggestion n'est pas gratuite. Il se trouve que Shédaï dirige également une petite compagnie de commerce se composant d'une flottille de quatre gros transporteurs. Ces astronefs naviguent principalement entre Vator et Obicera. Ils sont spécialisés dans l'acheminement de denrées alimentaires surgelées en provenance de Vator dont le climat est plus tropical que celui de notre planète... De temps à autre, un transporteur stationne longuement sur Vator, soi-disant pour y subir des révisions. Mais notre service de renseignements pense que le bâtiment en question va, en réalité, approvisionner les Lominates irrégulièrement installés sur une planète de la constellation de Whrane.

Il marqua un silence, ajouta :

— Avez-vous le temps de m'écouter sans prendre de risques, capitaine?

Rod nota que le jeune homme à l'allure louche regardait de plus en plus fréquemment dans sa direction. L'homme âgé continuait ses navettes entre le bureau d'enregistrement et celui des réservations. Rod l'élimina de sa liste des suspects. Il appartenait probablement au personnel secondaire de la gare... La jeune fille brune, portant une combinaison bicolore, était maintenant en conversation avec l'individu en combinaison bleue. Début d'un flirt... Enfin, le dernier suspect, l'homme à la puissante stature et très bien vêtu, s'intéressait également à la cabine.

— Je préfère vous rappeler dans un instant, dit Rod, ici je ne suis pas vraiment tranquille.

— Entendu, j'attends, répondit le commandant avant de couper la communication.

Rod actionna l'interrupteur, glissa dans sa poche les pièces de mondialex et quitta la cabine, dos un peu rond, mimant le découragement. Tout irait bien tant que l'on croirait qu'il téléphonait à des employeurs éventuels. Sans un regard en arrière, il s'éloigna et suivit le trottoir conduisant au centre de la ville. Entre la gare et l'extrémité de l'avenue 46, il pénétra dans un boxnutri et acheta plusieurs sachets de dragées nutritives. Il prévoyait que sa mission ne lui laisserait pas une minute de répit, faisait d'avance son deuil des repas complets tranquillement absorbés à une table de restaurant climatisé.

En réglant son achat, il panoramiqua la rue par le truchement d'un miroir. Le jeune homme à l'allure louche l'observait à travers la glace de la vitrine...

Rod resta inexpressif, sortit du boxnutri en fixant la pointe de ses bottes. On le surveillait étroitement depuis son arrivée à Aizitz, peut-être même depuis Oxima d'où il avait donné l'impression de partir définitivement. On devait enregistrer chacun de ses gestes, ses déplacements, noter le nom de ceux qu'il rencontrait, le nombre d'appels téléphoniques et visiaphoniques qu'il donnait, le temps consacré à chaque communication... Rod se fit la réflexion que toutes ces vérifications ne pouvaient être vaines.

D'ores et déjà quelqu'un envisageait de l'utiliser. Le moment venu on lui demanderait certainement de justifier chaque déplacement, chaque visite, chaque appel.

Rod continua d'un pas égal en direction du centre ville. Plus loin, il constata que le jeune homme avait été remplacé par l'homme à la puissante stature. La filature était classiquement organisée. Pour avoir la possibilité de rappeler Bun Sovu en toute quiétude Rod devait se soustraire à cette surveillance.

Il feignit d'hésiter sur le chemin à prendre, sauta brusquement dans un aérobus dont les panneaux d'admission se refermaient en coulissant. Du coin de l'œil, il vit que son suiveur cherchait fébrilement un taxijet... Rod gagna l'avant de l'aérobus. Bloqué sur sa ligne de force ce véhicule de transport en commun suivait un itinéraire facilement prévisible. Rod sauta à terre à la station suivante, plongea dans la foule d'un hypermarché, gagna le dernier étage par un ascensiobulle individuel afin d'avoir la certitude de n'être pas filé. Au soixante-cinquième étage la foule était moins dense. Rod alla s'enfermer dans une cabine, prononça l'indicatif de Bun Sovu pour l'opérateur phonique électronique.

Une voix féminine demanda :

— Ici le Centre de Sûreté Spatiale, à qui désirez-vous parler?

C'était Lonia. Rod eut un rictus. Même à

elle il ne pouvait laisser soupçonner qu'il se trouvait en mission à Aizitz. Comme tous, elle pensait qu'il avait réellement été dégradé et limogé à la suite d'une grave négligence. Il avait quitté Oxima sans la prévenir, sans un mot...

Rod coupa, articula un autre indicatif et, cette fois, le commandant Sovu fut tout de suite en ligne.

— Ne perdons pas de temps je vous prie, mon commandant, demanda Rod, j'ai acquis la conviction que l'on me surveille. Sous quel prétexte puis-je aller voir Lop Shédaï?

Bun Sovu avait trop l'expérience des missions spéciales pour se formaliser de la brièveté de Rod.

— Sa compagnie s'appelle Groupe Intergalactique de Transports, dit-il. Elle figure dans le répertoire professionnel d'Aizitz et son siège social est indiqué dans la rue 243 du quartier de Phungrat. Autrement dit Lop Shédaï regroupe à la même adresse son domicile, son magasin et le siège social de sa compagnie. Donc, après avoir vainement cherché un emploi en répondant aux annonceurs, vous pouvez parfaitement prospecter les compagnies de transports de la ville sans que votre démarche paraisse le moins du monde suspecte.

— D'accord. Mais avant d'en arriver là je devrai respecter une bonne semaine d'attente, estima Rod.

— Vous avez carte blanche, capitaine. Tenez-moi au courant dans la mesure où cela ne mettra pas en jeu votre sécurité. J'ai terminé.

Il coupa. Rod s'éjecta de la cabine, prit un autre ascensiobulle pour gagner le sous-sol de l'hypermarché où il fit l'acquisition d'un sac de voyage afin de justifier son passage par le magasin. Après quoi il quitta le sous-sol, se rendit au rez-de-chaussée et sortit. Dans la rue il ne vit pas le jeune homme ni son compagnon de filature. Il les avait semés sans difficulté et, surtout, sans paraître le faire volontairement.

Désormais ils devaient jouer le prochain coup.

Si rien ne venait, si la surveillance dont il était l'objet se prolongeait outre mesure, Rod se rendrait chez Lop Shédaï... Mais cette éventualité lui déplaisait et il ne s'y résoudrait qu'en désespoir de cause.

***

Deux jours plus tard — entre-temps Rod n'avait cessé de répondre aux offres d'emplois — un homme brun se présenta à la réception de l'hôtel *Uranus* et murmura quelques mots à l'oreille de la jeune femme de service de l'autre côté de la banque. Celle-ci acquiesça et enfonça une touche.

La sonnerie de l'interphone fit accourir Rod. Il venait à peine de rentrer après une épuisante journée de prospection à travers les rues de la ville surchauffées par le soleil d'été. Il sut, bien avant de commuter, que quelque chose allait enfin se produire. Il n'attendait aucune communication en provenance d'Oxima. On devait donc l'appeler depuis Aizitz...

— Oui, dit-il dans le micro, vous désirez?

— Quelqu'un demande à vous parler, fit la réceptionniste. Il précise que vous ne le connaissez pas, insiste sur le caractère urgent de sa démarche. Acceptez-vous de le recevoir?

Rod grimaça. Cette petite oie n'avait pas plus d'initiative qu'un robot non programmé. Dans un établissement de la classe de l'*Uranus* on aurait pu espérer obtenir quelques renseignements sur l'identité d'un éventuel visiteur.

D'un ton sec il répondit :

— Je n'attends personne, je n'ai aucune relation à Aizitz. Veuillez demander à cette personne pour quelle raison sa visite est urgente. Un instant! Je tiens à dire que le caractère d'urgence s'appliquant à la situation des autres ne m'intéresse pas... Est-ce compris?

Le haut-parleur émit de la friture, un ou deux chocs, puis une voix masculine dure et autoritaire articula :

— Je vous conseille de me recevoir sans tarder, capitaine Thomas Rodaz. J'appartiens au Bureau de la Sécurité Planétaire et suis chargé de recueillir des précisions sur les raisons de votre présence à Aizitz. Si vous refusez de me voir, vous serez convoqué à la...

— Bien, ne vous fatiguez pas, mon vieux! trancha Rod d'une voix glaciale. Vous ne m'impressionnez pas et je me fiche du B.S.P.! Je ne suis plus capitaine, le régime pour qui vous travaillez me sort des yeux, et je n'ai de comptes à rendre à quiconque! La paix!

Il coupa le contact, patienta, tous les muscles parcourus de décharges nerveuses.

Il espérait que cette intervention était une manœuvre, un ultime test des Lominates. Dans le cas contraire, il serait convoqué à la Direction centrale du B.S.P. et son attitude envers l'un de ses représentants lui vaudrait un tas de brimades et de tracasseries administratives.

Quand on frappa à la porte il sut qu'il venait de remporter la première manche.

CHAPITRE II

Elle était blonde, jeune, bien faite mais pas très jolie. Yeux gris trop rapprochés, nez fort, lèvres pratiquement inexistantes. Rod sut qu'elle était d'origine Burunienne, c'est-à-dire de race jaune.

— Capitaine Rod?

Sa voix était chaude, contrastait avec l'ingratitude de ses traits. Rod recula d'un pas.

— Entrez si vous le désirez mais, au cas où vous l'ignoreriez, je dois vous apprendre que je ne suis plus capitaine ni membre de l'armée. Votre visite a-t-elle un rapport direct avec l'appel téléphonique que je viens de recevoir?

Elle haussa les sourcils, franchit le seuil. Sa démarche était souple, décidée.

— Je ne comprends pas ce que vous dites, répondit-elle. Je suis chargée de vous faire une proposition de la part de la Compagnie Urbaine Aizitzienne...

Elle dévisagea Rod, soudain hésitante, ajouta :

— Vous êtes bien à la recherche d'un emploi, n'est-ce pas, capitaine... pardon, monsieur Rod?

Rod referma la porte, eut un sourire. Tout cela sentait le coup monté. C'était grossier mais, selon toute évidence, on ne se donnait plus la peine de peaufiner.

— Je suis à la recherche d'un emploi, confirma-t-il. Comment le savez-vous, mademoiselle?...

La jeune femme examina la chambre. Le lit sembla particulièrement l'intéresser. Elle dit :

— La compagnie que je représente est toujours désireuse de s'attacher les services d'hommes expérimentés. Dès que notre branche informatique eut appris votre licenciement, notre bureau d'investigations mit tout en œuvre pour vous rencontrer mais vous aviez quitté votre logement d'Oxima sans laisser d'adresse...

— Un coup de chance que le hasard ait voulu que je décide de venir à Aizitz, ironisa Rod. Asseyez-vous. Quel est votre nom déjà?

Il y avait un siège galbé très confortable mais la jeune femme préféra s'asseoir sur le bord du lit. Dans sa combinaison violette, ses courtes bottes, elle avait infiniment de charme sur le plan sexuel. C'était une femelle, une vraie. Chaque pore de sa peau dégageait des ondes de sensualité. Rod y était sensible. Et elle le savait.

— Rona Kol, se présenta-t-elle. Je vous signale que notre compagnie étend ses activités au niveau intergalactique, monsieur Rod. Le fait que vous soyez venu à Aizitz ne change rien à la chose. Nous vous aurions retrouvé dans n'importe quelle ville d'Obicera mais, aussi, de Nalia, Orgo, Buru, Cini ou Vator...

Rod prit place dans le siège laissé vacant.

— J'admire sans réserve l'organisation de votre compagnie. En quoi consiste votre proposition?

Elle le fixa.

— Nous vous offrons un poste de pilote sur un astronef de tourisme. Vous recevrez deux mille mondialex par rotation et vos frais seront payés. A raison de six à sept rotations par mois, c'est une somme minimale de cent quarante-quatre mille mondialex que vous encaisserez chaque année... Environ deux fois plus que vous touchiez en qualité de capitaine-naute militaire. Qu'en pensez-vous, monsieur Rod?

— Je pense que votre proposition est diablement tentante!

— L'acceptez-vous? questionna Rona Kol en sortant une liasse de feuilles de sa pochette.

— J'accepte à la condition que le contrat que vous allez me faire signer ne m'engage pas pour plus de douze mois.

Rona Kol sourit, lui tendit les feuilles et un stylo-pointe à irradiation.

— Prenez connaissance du contrat et veuillez signer au bas de chaque page. Vous prendrez votre service dès demain et toucherez une avance portant sur deux rotations. L'engagement est précisément prévu pour une année.

Rod survola le texte du contrat car il était semblable à tous les textes de ce type. Tout en feignant de lire attentivement, il se demandait pourquoi l'organisation lominate prenait un tel biais pour l'amener à travailler pour elle. Théoriquement, et compte tenu de sa dégradation, de son renvoi de l'armée spatiale de l'Empire, des idées politico-révolutionnaires qu'il affichait ouvertement, on aurait dû se montrer plus direct...

— Alors, monsieur Rod, demanda Rona

Kol, ce contrat répond-il à vos exigences?

Il releva les yeux.

— Exactement. Je dois même admettre qu'il dépasse mes espérances, mademoiselle.

— Appelez-moi Rona. Je vais être hôtesse à bord du *Nitamaco,* l'astronef que vous piloterez, et cela facilitera nos rapports, Rod... A ce propos, ne croyez-vous pas que nous devrions faire plus amplement connaissance? Votre départ d'Oxima indique que vous avez rompu vos attaches, spécialement avec Lonia Imis, et je n'ai personne dans ma vie.

Elle s'offrait sans façon; ce n'était pas une surprise. Depuis son entrée dans la chambre, Rod savait que sa visite se terminerait de cette façon. Elle avait un tempérament sensuel mais, aussi, certainement des instructions lui intimant d'entrer autant que possible dans l'intimité de la nouvelle recrue.

Joignant le geste à la parole, Rona tira la fermeture magnétique de sa combinaison sous laquelle elle ne portait rien. Sa lourde et ferme poitrine jaillit, aréoles déjà en érection. Elle se mit debout, laissa tomber sa combinaison à ses pieds, bascula sur le lit afin de retirer ses bottes.

— Aidez-moi, Rod...

Il lui enleva ses bottes et elle demeura allongée, dans une position très impudique. Son corps était admirablement sculpté. Sa peau de métisse avait des reflets dorés, une odeur chaude, épicée, enivrante.

Rod alla bloquer la porte, se déshabilla et s'étendit auprès de Rona Kol. Depuis son départ d'Oxima il n'avait pas tenu une femme dans ses bras. Il s'empara de Rona avec autorité, la fit vibrer avec dextérité et ne se libéra lui-même qu'après l'avoir entièrement satisfaite.

Le capitaine Rod était un perfectionniste.

***

Rod s'éveilla tôt, se prépara, boucla ses deux sacs de voyages et descendit régler sa note d'hôtel. Après quoi il prit un taxijet auquel il donna comme destination le spatiodrome civil d'Aizitz où il avait rendez-vous avec Rona.

La jeune femme l'avait quitté tard dans la soirée, sous le prétexte fallacieux d'un rapport destiné à ses employeurs, alors qu'un coup de visiaphone aurait suffi pour confirmer l'acceptation de Rod. Ce dernier s'était naturellement gardé de manifester son étonnement. Il devinait que Rona Kol avait profité de sa visite pour relever son code génétique, ses empreintes digitales, ses empreintes vocales, grâce à l'enregistreur que contenait sans doute sa pochette et au stylo-pointe à irradiation. Rod n'était pas extralucice. En tant que professionnel du renseignement, il estimait simplement que ces précautions représentaient l'enfance de l'art d'une identification absolue.

A la limite, il se pouvait même que Rona ait servi de vecteur en vue d'une analyse de spermatozoïdes. Cela n'était pas invraisemblable. Si, jusqu'à ce jour, nul n'avait pu pénétrer les milieux lominates, ce n'était pas un effet du hasard. Les responsables révolutionnaires-terroristes avaient donné des consignes draconiennes aux divers éléments de leurs réseaux, et les initiés de la lutte dans l'ombre savaient avec quelle implacable férocité étaient punis les traîtres et les maladroits.

En fait, Rod n'aurait pas la certitude d'être admis dans l'organisation avant longtemps. Pendant des semaines, des mois, on le tiendrait à l'œil avec la plus grande rigueur. Déjà, Rona Kol s'était glissée dans son lit. Elle était habile, parfaitement au courant de son dossier, donc des habitudes de Rod, de ses relations — son allusion à

Lonia Imis le prouvait — de ses goûts et de ses idées.

Tandis que le taxijet prenait la ligne de force conduisant aux bâtiments du spatiodrome intergalactique, Rod se dit que la moindre erreur de sa part lui serait fatale. Il régla le prix de la course, ramassa ses sacs et s'en alla vers le hall de réception du personnel.

En combinaison bleu ciel, coiffée d'un calot de même teinte marqué du sigle doré C.U.A., Rona Kol l'attendait au point de rendez-vous matérialisé sur le sol par une vaste étoile de Zora à seize branches. Dans le hall circulaient des pilotes, des opérateurs téléradaristes, des mécaniciens-électroniciens, des hôtesses de vols, tous en combinaison bleu ciel frappée du sigle de la Compagnie Urbaine Aizitzienne. Rod se dirigea vers la jeune femme qui l'accueillit en souriant mais en évitant toute marque de familiarité.

— Bonjour, commandant, dit-elle. Ne sursautez pas, c'est votre nouveau grade puisque en tant que pilote principal vous devenez commandant de bord... Si vous voulez bien me suivre, je vais vous présenter au grand patron. Il se nomme Hud Maox, c'est un chic type, vous verrez...

Puis, un ton plus bas, elle ajouta :

— J'ai mal dormi, Rod. Je me suis tournée et retournée sans parvenir à trouver le sommeil tant le souvenir de tes caresses m'obsédait. Et toi?

— J'ai passé une bonne nuit, merci, renvoya-t-il avec décontraction. Pourquoi Maox désire-t-il me voir?

Rona eut un petit haussement d'épaules, se mit en marche en répondant :

— Formalité habituelle, commandant. Dans l'armée, le colonel est le père du régiment, ici le patron est notre nounou...

Elle se montrait si naturelle que Rod éprouva un instant de flottement. Et que se passerait-il si, par malheur, il avait signé un engagement d'une année dans une authentique compagnie de transport touristique?... Non, cela ne se pouvait pas! Toutes les entreprises auxquelles il s'était précédemment adressé l'avaient rejeté d'emblée. Il n'y avait donc aucune raison pour que la C.U.A. soit tombée amoureuse de lui au point de l'engager dans des conditions avantageuses en qualité de commandant de bord.

— C'est ici, prévint Rona en poussant une porte rotative. Soyez naturel, chéri. Le patron adore les hommes directs au regard de rexylium amélioré! Laissez vos sacs sur le seuil, ici il n'y a pas de voleur.

Ils entrèrent dans un bureau rond. La paroi de gauche était une verrière. Elle donnait sur les pistes d'envol, sur les énormes astronefs et les spatiomodules qui décollaient et se posaient sans interruption vingt-quatre heures sur vingt-quatre. A droite, contre une paroi de bois précieux, derrière une table de travail métallique équipée de plusieurs visiaphones, de quelques interphones et de deux téléradars, trônait Hud Maox en personne.

C'était un homme massif aux épaules de déménageur et au cou de taureau. Il ne se prenait visiblement pas pour un pépin de pomme, ce en quoi il avait raison puisque sa compagnie était l'une des premières d'Obicera. En découvrant Rod, il eut un sourire étroit, invita :

— Asseyez-vous, capitaine. Pendant que nous ferons connaissance, Mlle Kol va essayer de trouver un uniforme à vos mesures dans notre stock.

Rona acquiesça d'un signe et s'éclipsa. Rod prit place dans un fauteuil. Périodiquement un astronef décollait dans le sifflement de ses moteurs et, depuis le hall et les terrasses, provenaient des bruits de foule.

Hud Maox était au cœur de son entreprise qu'il dirigeait d'une main de fer. D'un geste il déclenchait l'un des téléradars et se trouvait instantanément en contact image-son avec n'importe quel service du spatiodrome. Au fond de son regard noir, Rod discerna une petite lueur cruelle.

L'homme était dangereux, certainement impitoyable, peut-être chef de l'organisation lominate? Il s'empara d'un dossier posé sur la table, l'ouvrit.

— Cette cinquantaine de pages vous concerne, capitaine, murmura-t-il sans regarder son vis-à-vis.

— Je ne suis plus capitaine, monsieur Maox, rectifia Rod.

— C'est juste. Vous avez signé chez moi un contrat d'une année, renouvelable par tacite reconduction dans tous ses termes et articles, par périodes égales, sauf préavis donné par l'une ou l'autre des parties deux mois avant la date d'expiration de chaque période, en qualité de pilote principal de l'astronef *Nitamaco,* donc de commandant de bord...

Il eut pour Rod un regard vif, ajouta :

— Mes associés et moi sommes particulièrement satisfaits d'avoir pu nous assurer vos services.

Il tapota le dossier.

— Là-dedans j'ai cru comprendre que vous aviez des divergences de vues avec l'état-major?

Rod se renfrogna imperceptiblement, eut un geste d'indifférence pour marquer que le sujet était dépassé.

— N'en parlons plus. Je n'appartiens plus à l'armée, n'ai désormais aucun contact avec le général Alag Micos et sa clique. Que l'Empire aille au diable! Je me désintéresse de son sort!

Hud Maox lui jeta un coup d'œil pointu.

— L'Empire est formé de vingt milliards d'individus, rappela-t-il, sans compter les dissidents lominates soi-disant réfugiés dans la constellation de Whrane. Ils méritent peut-être que l'on s'intéresse à eux?

De part et d'autre de la table les deux hommes s'étudièrent. De l'autre côté de la baie les vaisseaux de l'espace continuaient de décoller à destination de Vator, de Buru ou de Cini. D'autres se posaient, venant de Nalia ou d'Orgo, crachant sur les tapis de translation leur contingent de voyageurs affairés. On commerçait énormément dans la 612e galaxie et, en tant que planète reine, Obicera était la plaque tournante de cet incessant trafic.

Rod entra dans le jeu de Maox :

— Soit, tous ces gens méritent que l'on s'intéresse à eux, concéda-t-il, mais l'opposition est trop forte pour qu'un homme seul puisse espérer la vaincre. J'ai essayé de faire valoir mes idées et voyez ce qu'il est advenu de moi... Si vous ne m'aviez engagé, j'étais voué à la misère car toutes les portes se fermaient devant moi.

Maox acquiesça, tourna la tête afin d'observer un gros vaisseau qui se posait doucement, rétromoteurs fonctionnant à plein régime.

— Voici votre appareil, commandant Rod, dit-il. Le *Nitamaco* est le dernier-né de ma flottille ; j'espère que vous le trouverez aussi maniable et rapide que votre spatiofusée de l'armée... Au revoir, commandant.

Il mettait un terme à l'entretien au moment même où Rod espérait le voir prendre une tournure confidentielle. Il se leva, contourna le siège.

— Au revoir, monsieur Maox.

Ce dernier ne le regarda pas quitter la pièce. Il affectait de s'être replongé dans son dossier. Mais dès que la porte se fut refermée sur Tom Rod, il actionna un visiaphone et entra en communication avec un homme maigre, au visage en lame de couteau, dont les lèvres minces étaient surmontées d'une épaisse moustache. Maox dit :

— Avez-vous entendu, Krisar?

Ce dernier eut un ricanement.

— Il est bon comédien, estima-t-il, mais ne vous laissez pas abuser. Je suis absolument sûr de la véracité du rapport que l'on m'a adressé depuis Oxima.

Maox grimaça.

— Cela m'ennuie. Ce n'est pas tous les jours que nous avons l'occasion de recruter un pilote de sa trempe... Il me faudra une confirmation, Krisar!

— Vous l'aurez peut-être plus vite que vous ne le désirez! Le rapport dit que Rod est le meilleur agent de la Sûreté Spatiale et que Bun Sovu lui a confié la tâche de nous démanteler... En tout cas comptez sur moi pour vous apporter la preuve que vous demandez! A partir de cet instant Rod ne pourra faire un mouvement sans que j'en sois informé!

***

Pendant trois semaines Rod navigua entre Obicera et les cinq autres planètes de la galaxie, exactement comme l'eût fait un conducteur d'aérobus, sans qu'aucun élément nouveau ne lui apportât la conviction qu'il travaillait pour les Lominates.

En fait, et bien que capable d'une grande patience lorsque cela se révélait nécessaire, il sombrait insensiblement dans la morosité d'une routine affligeante. Personne ne semblait le surveiller, nul ne le suivait, il n'avait pas de comptes à rendre hors de son service mais, en contrepartie, il n'avait pas progressé d'un pas dans son enquête.

A chaque escale, les touristes étaient pris en charge par les services au sol de la C.U.A. qui, à bord d'hélicobus sophistiqués, leur faisaient visiter les merveilles antiques de Nalia, la planète noire; les défilés prodigieux de Buru la Jaune; les montagnes de glace d'Orgo la Blanche, ou les lieux de plaisirs de Cini la Rouge.

Pendant que l'on révisait le *Nitamaco,* que les touristes faisaient connaissance avec les curiosités de la 612e galaxie, Rod, Rona Kol, le cosmonavigateur Miek et les autres membres de l'équipage étaient logés et nourris dans des petits hôtels de la C.U.A. généralement situés à proximité des spatiodromes. En raison des décalages horaires, des déplacements en hyperlumière, des changements de climat, de température, les conditions de travail étaient particulièrement éprouvantes pour les équipages. Hors service, chacun consacrait son temps au repos, mais Rona passait souvent ses nuits dans le lit de Rod pour qui elle paraissait avoir de plus en plus de tendresse.

Puis, au terme de la 3e semaine, alors que le *Nitamaco* était en révision de routine sur Vator, seconde planète jaune de la galaxie après Buru, la jeune femme pénétra dans la chambre de Rod en disant :

— Je suis mutée sur le *Star,* chéri ! Nous allons être séparés pour longtemps et, peut-être, ne nous reverrons-nous pas avant des mois et des mois puisque le *Star* suit le *Nitamaco* avec cinq jours de décalage !

Elle était bouleversée, hors d'elle. Rod n'aurait su dire si elle jouait la comédie ou était sincère. Cette mutation le surprenait. Jusqu'en cet instant il était intimement persuadé que Hud Maox avait jeté la jeune femme dans ses bras afin qu'elle soit en mesure de le tester. Mais elle ne s'était pas spécialement attachée à lui poser des questions. Autant qu'il avait pu en juger, elle n'avait jamais fouillé ses bagages, jamais essayé de lui administrer un sérum de vérité contraignant le « sujet » à parler au cours de son sommeil...

— Quand pars-tu? demanda-t-il.

Elle secoua ses mèches blondes avec fureur.

— Je ne pars pas! Je dois rester ici et attendre l'arrivée du *Star!* Tu vas avoir une nouvelle hôtesse. Elle sera là ce soir... Ciel! J'en suis malade!

Elle s'effondra sur la couchette et éclata en sanglots. Rod s'assit auprès d'elle, lui caressa machinalement la tête. Il ne l'aimait pas assez pour être vraiment contrarié par sa mutation. Néanmoins il accordait une grande importance à ce changement qui, selon lui, pouvait avoir deux significations parfaitement opposées. *Un :* on lui faisait définitivement confiance et on estimait désormais inutile de le faire surveiller par Rona Kol. *Deux :* on avait appris quelque chose sur lui et, par l'intermédiaire d'une nouvelle hôtesse, on tenterait de le confondre puisque la mission de Rona se soldait par un échec.

— Qui a ordonné ta mutation? s'informa-t-il.

Elle se pelotonna contre lui.

— Je suppose que c'est Alia Krisar, le chef du personnel, dit-elle hargneusement. Oh! Rod! Je ne suis pas capable de vivre sans toi... Quittons la compagnie et partons tous deux sur Obicera. A Aizitz je connais quelqu'un qui pourra nous employer à bord du même vaisseau.

Rod haussa les épaules.

— Tu oublies que j'ai signé un contrat de douze mois avec la C.U.A., objecta-t-il. Si je pars, Hud Maox peut m'attaquer en justice et me faire condamner à une peine de prison ou au versement d'une indemnité...

Elle s'accrocha à lui.

— Tu changeras de nom! On ne nous retrouvera pas! Je me ferai teindre en brune, je ferai tout ce que tu voudras!... Rod! Ne me laisse pas, je t'en supplie! Qu'est-ce qui te retient à la C.U.A.?

En se laissant tomber sur le lit elle avait lâché son inséparable pochette. Qui s'était ouverte et laissait voir à Rod le magnétophone miniaturisé en état de fonctionnement... La bande se déroulait sans bruit, régulièrement, enregistrant chaque parole, chaque intonation... Rod serra les dents. Rona paraissait tellement sincère, tellement désespérée, qu'il aurait pu lâcher une phrase imprudente en manière de consolation. Un rien suffisait. A sa dernière question, par exemple, il aurait pu répondre : « Je ne peux partir avec toi car je suis chargé d'un travail au sein de la C.U.A... »; ce qui eût été sa perte.

Il dit :

— Rien ne me retient spécialement dans cette compagnie, sinon le souci de mon avenir et une certaine sympathie pour Hud Maox qui n'a pas hésité à m'employer en dépit de ma mésaventure dans l'armée. Je suis navré, Rona, il m'est impossible de partir avec toi.

Elle se dressa brusquement.

— Tu crains pour ta réputation! Tu as été dégradé, limogé. Tu as peur de passer pour un salaud si tu lâches Maox sans préavis!

— Il y a un peu de ça, admit-il, mais il y a également que je n'ai, pour l'instant, nulle envie de lier mon destin à celui d'une femme... Je suis politiquement trop engagé pour songer sérieusement à fonder un foyer, du moins dans l'état actuel des choses. Quand le général Alag Micos et son état-major dictatorial seront renversés, tout sera différent... Puis je m'en voudrais de trahir la confiance de Hud Maox.

Il avait tartiné à outrance.

— Pauvre type! cracha Rona en raflant sa pochette, je te laisse à ton esclavage et à tes impossibles rêves de super-liberté! Adieu!

Furieuse, elle sortit en claquant la porte.

Rod poussa un soupir. Il venait de justesse d'échapper au danger des « confidences provoquées ». Mais il se doutait qu'on ne le lâcherait pas si facilement.

***

A 15 heures vatoriennes, il fut officiellement avisé de la mutation de Rona Kol sur le *Star* pour raison de service. A 18 heures, un télérex l'informa de la nomination de Zeh Eghie en remplacement de Rona Kol. La direction centrale d'Aizitz priait le commandant Rod de prendre toutes dispositions pour accueillir la nouvelle hôtesse dont l'arrivée était prévue pour 20 heures. Elle débarquerait d'un spatiomodule, vol 1375, en provenance de Cini.

En compagnie de Miek, son cosmonavigateur, qui avait tenu à l'accompagner, Rod se rendit au point de rendez-vous du spatiodrome peu avant 20 heures. L'agitation habituelle régnait sur les pistes, le hall de départ et celui d'arrivée. Miek, un jeune type rond au visage affable, dit :

— Je me demande qui est Zeh Eghie? J'avais l'impression de connaître toutes les hôtesses de la compagnie... Peut-être que Maox l'a récemment engagée?

Rod acquiesça mais ne fit pas de commentaire. Il se méfiait de Miek, de chaque membre de son équipage. Au cours de l'après-midi, il avait vainement essayé de s'isoler dans l'espoir d'appeler Bun Sovu auquel il n'avait pu donner de ses nouvelles depuis son entrée à la C.U.A.

Chaque fois qu'il avait fait mine de quitter sa chambre, Miek ou un membre de l'équipage s'était trouvé sur son chemin... On le surveillait de plus en plus étroitement, ce qui n'aurait pas été le cas si on ne le soupçonnait pas d'être un éventuel espion du gouvernement galactique.

L'affichage du vol 1375 s'illumina sur le tableau des arrivées. Miek ricana, consulta la pendule et dit :

— Encore trois minutes et nous saurons si cette Zeh Eghie vaut Rona Kol, commandant... Pour avoir un tel nom, elle doit venir de Nalia!

— Raciste? demanda Rod.

— Non! Bon sang non! Je trouve simplement qu'une hôtesse noire fait triste! plaisanta Miek. Je préfère les rousses ou les blondes... Pas vous?

— Cela m'est égal, éluda Rod.

Il guettait le couloir de translation. Un groupe de voyageurs jaunes en émergea, récupéra ses bagages, gagna la sortie en conversant bruyamment. Un officier de la C.U.A. se montra à son tour. Il était maigre, avait un visage en lame de couteau et arborait une épaisse moustache comme s'il se fût agi d'une décoration. L'attention de Rod se porta sur une jeune femme brune, également en uniforme de la C.U.A., qui suivait l'officier mais ne le connaissait visiblement pas. Elle se dégagea souplement du tapis de translation, marcha vers le point de rendez-vous avec assurance. Son regard vert se planta dans celui de Rod.

— Commandant Rod, je suis Zeh Eghie... Voici mon ordre d'affectation sur le *Nitamaco*.

— Enchanté de faire votre connaissance. Voici le cosmonavigateur Miek. Vos bagages?

Zeh Eghie eut un éblouissant sourire.

— Je n'en ai pas. On m'a assuré que je trouverai ici tout ce dont j'aurai besoin et j'ai estimé superflu de m'encombrer... D'autant que la place était limitée à bord du spatiomodule.

A cet instant Miek s'excusa et se dirigea vers une charmante hôtesse blonde. Rod se mit en marche.

— Venez, je vais vous conduire à votre chambre, invita-t-il.

La jeune femme le suivit. Ils sortirent de la foule, du bâtiment, furent très vite isolés entre le spatiodrome et l'hôtel réservé au personnel de la C.U.A.

— Etes-vous nouvelle à la compagnie? questionna Rod.

Zeh Eghie leva les yeux vers lui, jeta un bref regard circulaire et dit à mi-voix :

— Il faut que nous ayons un entretien, capitaine... Je suis envoyée par le directeur de la Sûreté Spatiale afin de vous assister dans cette mission.

Rod ne ralentit pas et resta muet. Si cette fille était réellement envoyée par Bun Sovu, elle devait avant toute chose prononcer le chiffre clé de la mission. La jeune femme dit rapidement :

— Excusez-moi, capitaine, j'ai complètement oublié de vous donner le chiffre de la mission. C'est le zéro... Pouvons-nous parler librement à présent?

Rod la dévisagea.

— Comment avez-vous réussi à prendre la place de Rona Kol?

Elle secoua la tête avec agacement.

— Laissez donc ce genre de détail au commandant Sovu! Je n'en sais d'ailleurs pas plus que vous sur ce sujet! On m'a donné une marche à suivre, des instructions et, comme d'habitude, les choses se sont arrangées d'elles-mêmes... Je serai mutée dans quatre jours et retournerai à Oxima. Savez-vous que je ne suis ici que pour prendre de vos nouvelles, capitaine? Pourquoi n'avez-vous pas appelé le commandant Sovu?

Elle marchait nerveusement, d'un pas élastique. Rod ne répondit pas immédiatement car un groupe les croisait. Entre le spatiodrome et l'hôtel, c'était un incessant va-et-vient. Quand ils furent de nouveau isolés, Rod dit :

— Je n'ai pas pu mettre Sovu au courant de la situation parce qu'on me surveille constamment. Voyons, répondez à mes questions : comment avez-vous su que la C.U.A. m'avait engagé et par quel miracle avez-vous réussi à faire muter Rona Kol?

Zeh Éghie jeta un coup d'œil circulaire. Plusieurs autojets les doublaient et, aux abords de l'hôtel, les navigants de la C.U.A. étaient nombreux sur le trottoir. Elle murmura :

— N'est-il pas imprudent de bavarder parmi tous ces gens, capitaine? Le commandant prétend que la plupart appartiennent également à l'organisation lominate.

— Attendons d'être dans votre chambre, concéda Rod d'un ton froid.

Il ne savait que penser de l'initiative prise par Bun Sovu. Son propre silence justifiait effectivement cette entorse aux règles sacro-saintes de l'espionnage galactique, mais il lui semblait, toutefois, que Zeh Eghie avait bénéficié de circonstances un peu trop favorables pour arriver jusqu'à lui.

Ils entrèrent dans l'hôtel. Rod conduisit la jeune femme à la chambre qu'il lui avait réservée à l'étage où il logeait lui-même avec les membres de son équipage. Il introduisit la clé dans la serrure, poussa la porte.

— Passez, dit-il en s'effaçant.

Zeh Eghie entra, examina la pièce. Rod franchit le seuil, se trouva brusquement face à trois hommes armés de pistolets paralysants. L'un d'eux était l'officier maigre au visage en lame de couteau, qui avait une épaisse moustache. Il referma la porte d'un geste lent. Tandis que ses compagnons s'assuraient que Rod n'était pas armé, il dit :

— Eh bien! vous avez fini par commettre la faute que j'espérais, capitaine Tom Rod! Comme vous le comprenez maintenant, Zeh

Eghie, tout comme Rona Kol, travaille pour le service de sécurité de notre organisation...

Rod desserra les dents.

— Je n'admets pas votre attitude! aboya-t-il en ayant conscience de jouer sa dernière carte. Cette fille m'a provoqué et j'essayais de la faire parler avant de la dénoncer à Hud Maox!

L'officier sourit.

— Pas mal, apprécia-t-il, je dois reconnaître que j'en ferais autant à votre place... Je suis Alia Krisar, capitaine! Voici trois semaines que j'essaie de vous confondre en utilisant diverses méthodes, les charmes de Rona Kol entre autres, et j'avoue que je commençais à désespérer malgré les informations que je détiens de source sûre à votre égard. Sans le chiffre clé de votre mission nous n'y serions pas arrivés... Bravo, Zeh Eghie! Beau travail! Je vous accorde un mois de congés payés sur Obicera! Vous pouvez disposer.

La jeune femme fouilla entre ses seins, posa sur la table un minuscule émetteur et s'en alla sans un mot et en évitant le regard de Rod. Quand la porte se fut refermée sur elle, Alia Krisar dit :

— Nous allons vous transférer sur Orgo, capitaine. Là-bas vous comparaîtrez devant un tribunal pour tentative d'espionnage envers notre organisation. Si vous sauvez votre vie, vous ne sauverez sûrement pas vos mains, vos yeux, ni votre langue...

Rod se rua.

Une fraction de seconde auparavant, il donnait l'impression d'être assommé par sa mésaventure. Tassé sur lui-même, il paraissait incapable de réagir. D'ailleurs qu'aurait-il pu espérer face à trois pistolets paralysants braqués sur lui?

Maintenant il se déplaçait avec une fulgurante rapidité. Tandis qu'un pistolet expédiait son rayon contre la cloison, Rod tua net l'homme le plus proche de lui en le frappant à la gorge du revers de la main. Alia Krisar se mit hors de portée d'un bond. Rod pivota, balaya l'autre agent lominate qui s'écroula lourdement au moment où Krisar appuyait sur le poussoir de son paralysant. Mince comme un fil, de couleur verdâtre, le rayon frôla Rod qui plongea vers la porte.

La rapidité était sa seule planche de salut.

S'il parvenait à quitter l'hôtel, à sauter dans un hélicojet de service, il aurait les plus grandes chances de renverser la situation. Bolos, capitale de Vator, n'était qu'à six kilomètres de là. En se présentant au centre planétaire de la Sûreté Spatiale vatorienne il aurait la possibilité instantanée de faire arrêter Alia Krisar et ses complices.

— Stop! hurla Krisar.

Rod ouvrit la porte, roula-boula dans le couloir, se dressa et sprinta. Krisar sortit de la chambre, tira vainement en direction du fuyard qui, comme une balle, changeait constamment de trajectoire et semblait rebondir d'une cloison à l'autre. Krisar n'avait jamais vu quelqu'un d'aussi rapide. Cela tenait du prodige ou d'un entraînement poussé à l'extrême...

— Arrêtez-le! cria-t-il alors que Rod disparaissait dans l'escalier.

Des portes s'ouvrirent, les hommes d'équipage emboîtèrent le pas à Alia Krisar sans exactement savoir de quoi il s'agissait.

Déjà au rez-de-chaussée, Rod traversait le hall comme un obus. Alerté par les cris et le tumulte, un homme essaya de lui barrer la route. Rod le heurta de plein fouet, le matraqua au passage d'un maître coup de pied au visage, continua sur sa lancée. Il jaillit au-dehors, obliqua vers l'héliport qui jouxtait le parking. La meute de ses poursuivants était encore loin derrière lui mais il s'abrita en passant de l'autre côté des auto-jets garées sur l'aire de stationnement.

En débouchant du parking, il ne lui restait qu'une cinquantaine de mètres à parcourir. Sur l'héliport, trois hélicojets attendaient, panneaux grands ouverts en raison de la chaleur, sans personne à leur bord... Rod accéléra sa course, passa l'angle du bâtiment, accéléra encore...

A cet instant un garde l'ajusta, pressa la détente de son fusil paralysant. Le rayon verdâtre fulgura, toucha Rod entre les épaules. Il sentit aussitôt ses muscles se tétaniser. Une irrésistible torpeur gagna son cerveau et il s'effondra, entièrement paralysé, regardant de son œil dur comme une bille le sol bétonné monter à sa rencontre...

CHAPITRE III

L'horodateur du *Garan* indiquait que le bâtiment d'exploration se trouvait sur Ezhache depuis 38 jours et qu'il était 18 heures.

Psam avala deux dragées nutritives et trois dragées réhydratantes. Il se sentait en bonne forme physique, avait assez bon moral en dépit de sa complète solitude. Depuis la désintégration inexplicable de son superaid, aucun des appareils de bord n'avait enregistré la moindre manifestation. Les masses molécules-grammes et l'attraction moléculaire étaient normales, sans modification sensible.

Sur Ezhache le jour était rouge et la chaleur très forte, évidemment à cause de la proximité des deux soleils de la constellation de Whrane. A certains moments Psam apercevait les cinq naines blanches à travers son minuscope mais jamais Broz, Dunz ou Sepz.

Le *Garan* était toujours plaqué au sol par le champ de force négative. Le jour la température montait à 50 degrés. La nuit elle descendait à moins 30, si bien que l'aube éclairait un paysage givré, noyé sous la brume orange qui avait tant intrigué Ed Agor. Plusieurs fois par jour Psam tentait de communiquer avec Obicera. Un appel très bref, périodique, pouvant être éventuellement capté par un vaisseau navigant à proximité, à condition que le champ de force négative cesse un instant d'exercer son effroyable pression sur l'astronef.

Cela revenait à chercher un passage dans le créneau unique d'une roue lancée à pleine vitesse, mais rien n'a jamais empêché un homme de croire en ses chances de survie ni d'espérer le secours de ses semblables.

Psam passait pratiquement tout son temps devant le minuscope, le cadran cosmique, le microscoposcentrique. Il continuait de relever des paramètres, de faire des analyses, d'enregistrer ses constatations et de filmer en linéofréquence plusieurs points témoins du paysage. S'il disparaissait, il laisserait peut-être derrière lui un amas de renseignements prouvant que la vie existait sur Ezhache. Une vie lominate, bien entendu...

Psam fit pivoter son siège, observa la terre rouge, le lac sanglant, la neige flamboyante sur les sommets rubescents. Quelque chose s'était modifié mais il ne savait quoi. Il abandonna le hublot, colla ses yeux aux binoculaires dont il manœuvra la molette. Le minuscope indiquait que le « phénomène » se produisait à moins de dix minutes, au 143 du cadran cosmique.

Psam grinça des dents.

La brume orange se déplaçait en une longue écharpe ondulante, reptilienne. Puis elle se scinda, s'ouvrit en tenaille tout en continuant de progresser vers la spatiofusée immobilisée sur ses béquilles, protégée par le mur magnétique qu'elle diffusait, ses canons fulgurant, thermique, désintégrant, paralysant, déshydratant... Psam n'avait en lui aucune crainte. Une franche attaque contre le *Garan* serait repoussée à coup sûr. Mais Psam redoutait l'attaque insidieuse d'une « chose » inconnue, semblable à celle qui avait désintégré Ed Agor.

La brume appartenait à cette catégorie. Sa façon de manœuvrer avait quelque chose d'humain, d'intelligent, de dirigé. Maintenant elle formait une tenaille aux branches largement ouvertes. Elle progressa encore et s'immobilisa à une centaine de mètres du *Garan,* trouble, crevée de mofettes et de fumerolles. Pendant un instant, rien ne se produisit puis, avec une grande rapidité, une sorte de fusée jaillit de la masse cotonneuse.

A travers le minuscope, c'était bel et bien un engin fabriqué par l'homme. La brume n'avait rien de diabolique. Elle était là pour camoufler les agissements de ceux qui avaient liquidé Agor avant de neutraliser le *Garan* sous un champ de force négative. Psam respira plus librement. Il avait certainement affaire aux Lominates. S'ils s'en prenaient à la spatiofusée d'exploration, cela signifiait que leur repaire était à proximité, peut-être sur Ezhache, peut-être sur Broz, Dunz ou Sepz, moins aisément sur l'une des cinq naines blanches...

La fusée fonça sur le *Garan,* se heurta violemment au mur magnétique de protection, mais le choc ne se solda de part et d'autre par aucun dommage. La fusée recula, exactement comme l'eut fait un bélier afin de prendre son élan, mais, au lieu de revenir à la charge, elle émit un rayonnement continu, de teinte pourpre qui, telle une langue de feu, vint se briser sur le mur magnétique en mille torches incandescentes.

C'était un prodigieux éclaboussement de flammes, un feu d'artifice dantesque qui, centimètre après centimètre, grignotait la réluctance du mur dans un bouillonnement de magnésium.

Psam braqua le canon thermique sur la fusée, en pressa la détente et coupa simultanément l'émission magnétique. Un trait blanc, éblouissant, frappa la fusée de plein fouet. Elle s'illumina, fondit, et ses macromolécules H se dispersèrent dans le néant. Psam eut un rire sauvage, rétablit le mur magnétique. En l'attaquant, on l'aidait à ne pas perdre la raison. On rompait son isolement, son mortel ennui. Il préférait de loin mourir en combattant...

Trois nouvelles fusées (en son for intérieur Psam les nomma des macromofusées H) jaillirent de la brume et vinrent attaquer le mur magnétique en trois points différents. Psam serra la mâchoire. D'emblée ses adversaires venaient de trouver la bonne tactique. S'il coupait l'émission magnétique pour désintégrer une fusée, les deux autres s'engouffreraient dans la brèche et s'en prendraient directement à la coque de rexylium du *Garan!*

Psam observa les trois « H » avec anxiété. S'il ne découvrait pas une solution, lui-même et la spatiofusée tomberaient aux mains de l'organisation lominate avant longtemps...

*
* *

Les deux gardiens pénétrèrent dans la cellule et Rod se rua sur eux de toute sa puissance. Il assomma le plus avancé, matraqua le second d'un terrifiant coup de poing à la racine du nez, prit encore le temps de rafler un fusil paralysant avant de foncer dans le corridor obscur qui s'ouvrait devant lui.

La veille, les juges lominates l'avaient condamné au supplice. A l'issue d'un simulacre de jugement, il avait été décidé que Tom Rod serait mutilé dans 48 heures, à la fin du jour, et qu'il serait ensuite relâché dans Oxima même à deux pas du siège du gouvernement.

Rod se trouvait depuis une semaine sur Orgo la blanche, la planète la plus proche de la constellation de Whrane, la planète — il le savait depuis peu — où siégeait le Conseil interplanétaire lominate. Mais cela il le déduisait simplement ; il était manifeste que le grand quartier général des révolutionnaires était installé dans la constellation de

Whrane, à l'abri des patrouilles de la police de l'espace, loin des routes aériennes commerciales que ses bâtiments pirates sillonnaient cependant chaque fois qu'un approvisionnement en denrées fraîches, ou en femmes, devenait nécessaire.

Rod fit le vide dans son esprit, escalada rapidement une volée de marches en pierre qui prouvaient, si besoin était compte tenu de l'état des lieux, que sa cellule se trouvait au sous-sol d'une vétuste bâtisse orgonne. Il avait monté ces marches la veille pour se rendre, entre quatre pseudo-gardiens, dans la salle du tribunal. Alors, il était entravé par des liens magnétiques et n'avait pu tenter sa chance. Depuis sa condamnation, et comme si cela avait pu influer sur lui au point de lui faire renoncer à échapper au supplice, on l'avait libéré, estimant probablement qu'un homme seul ne saurait venir à bout de deux gardes solidement armés.

Rod atteignit le rez-de-chaussée, poussa une porte de bois dont les gonds grincèrent, et eut devant lui la perspective poussiéreuse d'une cour chauffée à blanc par le soleil ovale d'Orgo. La luminosité de cette planète, proche des confins galactiques, était éblouissante et il fallut un instant à Rod pour accoutumer sa vision à cette pénible réverbération. Quand sa rétine lui transmit des images correctes, il vit que la cour s'encastrait entre des hautes murailles quasiment infranchissables. Auprès d'une estrade, sur une table métallique équipée de lanières anciennes en cuir, il y avait les instruments de torture avec lesquels les Lominates se proposaient de le mutiler.

Rod comprit qu'il n'aurait pas la possibilité de fuir en passant par la cour. Il emprunta un couloir de dégagement, index replié sur la détente du fusil paralysant, tous les sens aux aguets. Dans cette vieille demeure, probablement isolée, on ne pouvait avoir installé des grilles aux fenêtres car elle devait être classée en tant que vestige du passé par les autorités orgonnes. S'il réussissait à ne pas se faire intercepter par d'autres gardiens, il aurait donc des chances de prendre le large.

Le couloir aboutissait à une grande salle dallée où s'amorçait un escalier permettant d'accéder au premier étage. Rod se glissa le long du mur en direction du vestibule. Il se déplaçait sans bruit, rapidement. Le temps lui était compté car il se pouvait que l'on s'inquiétât de l'absence prolongée des deux gardes chargés de lui apporter son repas, à moins que ceux-ci ne reprennent conscience avant que Rod ne trouve le moyen de sortir de l'habitation...

Il regretta de ne pas les avoir paralysés. Mais il s'était attendu à se heurter immédiatement à une résistance violente, avait négligé cela pour mieux négocier une difficulté supposée supérieure et qui se révélait finalement inexistante. Ce qui ne manquait pas d'ailleurs de le surprendre.

Rod longea le vestibule, fut devant la porte s'ouvrant sur l'extérieur. Elle était en chêne clouté et bardé de fer, avec des gonds énormes, une serrure de jadis à travers laquelle Rod put voir une rue pavée en pente, des bâtiments modernes, une très haute tour qui lui apprit qu'il se trouvait à Loume, capitale d'Orgo, où il était précisément venu peu de temps auparavant à bord du *Nitamaco* pour le compte de la C.U.A.

La serrure était d'un modèle simple mais, pour la manœuvrer il fallait disposer d'une tige métallique quelconque. Auprès de la vieille cheminée, Rod découvrit un pique-feu. Il le tordit, revint à la porte et ce fut quand il toucha la serrure de la pointe du pique-feu que la sonnerie se déclencha, aiguë, incroyablement sonore. On devait l'entendre de loin. Rod serra les dents, glissa la tige métallique dans la serrure. Une terrible décharge électrique le rejeta en arrière. Il ramassa le fusil paralysant, escalada l'escalier à toute allure. La situation s'aggravait subitement. Il serait infailliblement repris s'il ne découvrait pas une issue au premier étage.

Rod en atteignait le palier lorsque des éclats de voix retentirent dans la cour qui, en fait, était une sorte de patio. Il fonça à la recherche d'une fenêtre. Côté rue, il ne trouva que des lucarnes grillées, pratiquées très haut dans le mur de ce qui paraissait être d'anciennes cellules monacales, de toute façon trop étroites pour laisser passer un homme... Les seules fenêtres donnaient sur le patio où, maintenant, trois hommes armés de fusils thermiques guettaient les portes et les croisées. Dans le sous-sol, au rez-de-chaussée, d'autres gardes prenaient position. Quelqu'un arrêta la sonnerie, les hommes cessèrent de s'interpeller, et le silence s'installa, épais, menaçant.

Rod demeura strictement immobile.

Il occupait une position éminemment stratégique, détenait une arme redoutable bien que non mortelle. Avant de songer à le déloger il faudrait acquérir la certitude de sa présence, opération à laquelle les gardes semblaient se livrer. Non sans prudence, en restant groupés, ce qui était une sorte d'hommage à leur adversaire. Alia Krisar avait dû les mettre en garde...

Rod recula doucement, afin d'avoir un meilleur angle de vision sur les deux parties du couloir et, du même coup, constata qu'un épais rideau d'arbres existait au ras du toit, exactement à l'opposée de l'endroit qu'il occupait. Des branches touchaient presque les tuiles moussues. Rod améliora encore son angle de vision. Le rideau d'arbres se trouvait dans l'enceinte d'un parc public qui, il s'en souvenait, était situé au cœur de Loume... Il lui fallait coûte que coûte atteindre l'une des branches.

Il se mit en mouvement.

Le couloir était circulaire, distribuait les cellules s'ouvrant sur la façade, les pièces plus vastes dont les fenêtres donnaient sur le patio. Jadis cette demeure avait dû abriter des moines, les représentants d'une de ces curieuses religions en lesquelles personne n'avait plus foi depuis que la science avait prouvé que l'homme n'était que le résultat d'un accident biologique. Rod fila silencieusement dans le couloir.

Les gardes l'imitaient mais, parce que plus nombreux, ne parvenaient pas à étouffer complètement les bruits provenant de leur progression. Tout en se hâtant, Rod se demandait comment il aurait la faculté de monter sur le toit. Il obtint une réponse à mi-parcours, sous la forme d'une échelle primitive accrochée au mur, non loin d'une fenêtre à tabatière. Rod décrocha l'échelle, l'appuya au mur, escalada les six échelons de bois brut fixés aux montants à l'aide de clous à la tête rouillée.

L'abattant s'ouvrit en grinçant. Rod jeta un coup d'œil sur le toit avant de s'y aventurer. Il était désert. Rod se hissa sur les tuiles, fusil en main, courbé afin de ne pas être vu par les hommes postés dans le patio. Il ne disposait plus que de quelques minutes. Les gardes qui inspectaient la demeure arriveraient assez vite au premier étage. L'échelle appuyée au mur, la fenêtre à tabatière ouverte les conduiraient automatiquement sur le toit.

Rod progressa aussi vite que possible sur les tuiles bruyantes. Son poids les faisait craquer, plusieurs d'entre elles se brisèrent et leurs débris roulèrent sur la pente avant de disparaître dans le vide. Rod accéléra, se retourna miraculeusement à l'instant précis où un garde passait la tête par la fenêtre à tabatière. Le fusil de Rod rayonna. Frappé au visage l'homme bascula, s'effondra tandis que ceux qui le suivaient lâchaient une bordée de jurons.

Rod sprinta, prenant tous les risques. Ses adversaires avaient des fusils thermiques et, en une fraction de seconde, il pouvait être transformé en une boule de feu. Dans le patio quelqu'un aboya des ordres. Rod pivota, jeta un regard vers la fenêtre à tabatière où nul ne se montrait. Il jeta le fusil, plongea sur la branche la plus proche. Elle ploya sous son poids, transporta littéralement Rod jusqu'à une autre branche, plus forte, située en contrebas du toit. Il s'y cramponna, s'agrippa au tronc, se laissa glisser vers le sol et sprinta à travers les buissons.

Sous les ombrages, dans l'allée centrale, entouré de nombreux promeneurs, il sut qu'il était tiré d'affaire, que les rôles venaient de s'inverser à son profit. Il n'opérait pas en territoire ennemi, pouvait rapidement rameuter les hommes de la B.S.P. (Bureau de la Sécurité Planétaire) ou des agents d'action de la Sûreté Spatiale. Désormais les Lominates étaient en fâcheuse posture. Dès que la nouvelle de son évasion serait connue Rona Kol, Hud Maox, Alia Krisar et Zeh Eghie prendraient la fuite.

Rod sortit du parc et se mêla à la foule en surveillant ses arrières. Il y avait un policier urbain à chaque carrefour mais on pouvait tout de même essayer de l'abattre, à n'importe quel prix, tant était grand le danger qu'il représentait pour l'organisation lominate.

Rod se rendit directement au siège central de la Sécurité Planétaire, mais se heurta aussitôt au planton chargé de filtrer les visiteurs.

— J'appartiens au groupe d'interventions de la Sûreté Spatiale, section d'Obicera, dit-il. Je n'ai rien sur moi pour vous le prouver. Veuillez me faire de toute urgence passer au décodeur génétique. Ma fiche, au nom de Thomas Rodaz, porte le numéro 33456 B. J'insiste sur l'urgence de la situation, sergent.

Ce dernier actionna un clavier.

— Quinze secondes je vous prie.

Au bout de ce laps de temps un autre sergent vint chercher Rod et le conduisit dans la salle où était installé le décodeur génétique. Tandis que Rod s'installait entre les lamelles de décodage, le sergent sélectionna la fiche galactique 33456 B, compara son code avec celui que le décodeur venait de cracher sur la table de récupération.

— Identification parfaite, capitaine. Je suis à vos ordres.

Rod se dégagea des lamelles.

— Appelez-moi immédiatement Oxima, en priorité absolue, et conduisez-moi au commandant de bureau! Vous me passerez la communication visiaphonique chez celui-ci!

Le sergent pianota sur le clavier d'un sélecteur.

— Suivez-moi, capitaine, j'ai demandé la communication avec Oxima. Le bureau du commandant Nax est à côté.

Ils sortirent de la salle, traversèrent un couloir, entrèrent dans un bureau. Le commandant Nax releva sèchement la tête, sourcils froncés. Le sergent dit vivement :

— Priorité absolue, mon commandant, ordre de votre visiteur le capitaine Thomas Rodaz, en mission spéciale sous la direction du commandant Bun Sovu!

Bien que capitaine, Rod bénéficiait d'un droit de préséance sur Nax en raison des circonstances. Il dit :

— J'ai besoin d'hommes immédiatement afin d'encercler une vieille habitation située derrière le parc central. Veuillez également faire le nécessaire pour boucler la ville, mon commandant.

Nax se dressa.

— Sergent, occupez-vous du bouclage. Où

se trouve exactement l'habitation en question, capitaine?

— Je n'ai pas eu le loisir de relever son numéro de rue mais il s'agit probablement d'une ancienne abbaye. La connaissez-vous?

Nax acquiesça.

— Le monastère de Roslh! Il est effectivement derrière le parc, au centre de la rue 32...

En bourdonnant, le visiaphone lui coupa la parole. Il commuta. Le visage un peu creusé de Bun Sovu apparut sur l'écran. Il eut un rictus en découvrant Rod.

— Heureux de vous savoir vivant et en bonne santé, capitaine! lâcha-t-il. Mais que faites-vous sur Orgo?

Rod eut un bref regard pour la pendule.

— Je n'ai pas le temps de vous l'expliquer. Donnez des ordres pour que soient arrêtées les personnes suivantes : Hud Maox, Alia Krisar, Rona Kol et Zeh Eghie. Le premier est directeur de la Compagnie Urbaine Aizitzienne, le second est son chef du personnel, les femmes sont hôtesses à bord des vaisseaux de tourismes. Ils sont tous membres de l'organisation lominate... Incidemment je vous signale que Rona Kol ne doit plus être sur Obicera et que Zeh

Eghie connaissait le chiffre clé de ma mission.

La stupeur se peignit sur les traits de Bun Sovu.

— Autrement dit, reprit Rod, quelqu'un qui vous touche de près est en liaison avec les Lominates.

— Cela semble impossible, grommela Sovu, mais il n'existe pas d'autre explication. Il ne peut s'agir que d'un membre de l'état-major... Bon sang! Voilà pourquoi nos missions d'exploration dans Whrane ont échoué!

— A ce propos, s'enquit Rod, avez-vous des nouvelles du *Garan?*

Ed Agor et Mum Psam étaient ses amis.

— Rien de nouveau, fit laconiquement Sovu. J'ai bien peur que nous soyons bientôt obligés d'ajouter leurs noms à la liste des disparus. Revenons à votre mission. Si j'ai bien compris vous êtes grillé irrémédiablement?

Rod acquiesça.

— Exact. Néanmoins je vous demande comme une faveur de me laisser sur cette affaire, mon commandant. Je pense avoir encore assez d'atouts en main pour dynamiter tout ou une partie de l'organisation lominate.

— C'est utopique, Rod. Ils vous connaissent et disparaîtront dès que vous arriverez sur une piste pouvant vous faire remonter la filière.

— Ils me connaissent, soit, mais j'ai également fait la connaissance d'une foule de visages pendant que je travaillais pour la C.U.A. Puis, j'ai mon idée... Avant de mettre un autre agent sur l'affaire, donnez-moi dix jours.

Bun Sovu n'hésita pas.

— D'accord mais essayez de me tenir au courant de la situation... Au cours de ces trois dernières semaines j'ai éprouvé les pires craintes à votre sujet.

— Entendu, je ferai mon possible. A bientôt, mon commandant.

Sovu répondit par un signe amical de la main et ils mirent fin à l'échange visiaphonique interplanétaire. A cet instant, et comme s'il n'avait attendu que la fin de la conversation pour revenir dans la pièce, le commandant Nax dit :

— La ville est bouclée et trois hélicobus chargés d'hommes nous attendent sur la terrasse.

— Bien, allons-y.

Ils empruntèrent l'ascensiobulle principal, émergèrent sur la terrasse du bâtiment et grimpèrent dans l'hélicobus de tête qui décolla aussitôt. Les deux autres appareils suivirent. A une centaine de mètres du sol, Rod découvrit sans peine le parc flanqué du monastère de Roslh. Depuis sa fuite, parce que les choses avaient été rondement menées, il ne s'était pas écoulé plus de dix minutes. Les gardes lominates avaient néanmoins évacué le monastère.

— Posez-vous ici! lança Rod en désignant le dégagement qu'offrait le patio.

Nax objecta :

— Est-ce utile? Il n'y a plus personne dans le monastère.

— En apparence seulement. Pour fuir j'ai dû assommer mes deux gardiens. Avec un peu de chance nous allons peut-être les retrouver là où je les ai laissés. Autant que je m'en souvienne, je les ai frappés sans ménagement et ils peuvent ne pas avoir encore récupéré.

Nax hocha la tête. Il croyait volontiers qu'on ne résistait pas facilement aux coups portés par Rod. Tandis que l'appareil se posait, il dit :

— La ville est bouclée. Si les Lominates n'appartiennent pas à la population de Loume, ils seront détectés très rapidement par nos identificateurs.

Rod ricana :

— Ils ne seront pas détectés. Ils sont parfaitement organisés, chacune de leurs sections est compartimentée, cloisonnée. Vous pouvez être sûr que les hommes auxquels j'ai eu affaire habitent Loume. Descendons.

Ils sautèrent à terre en compagnie des hommes en armes de la Sécurité Planétaire. Ceux-ci se déployèrent, commencèrent à fouiller l'habitation. Les deux autres hélicobus se posaient à l'extérieur, l'un dans le parc, l'autre dans la rue 32, afin d'interdire toute fuite de dernière minute.

Escorté par le commandant Nax et deux hommes portant des fusils paralysants, Rod gagna le sous-sol du monastère. Il erra un instant, se repéra, trouva finalement la cellule où on l'avait tenu prisonnier. L'un des gardes avait disparu. Le second gisait sur le dallage. Rod se pencha sur lui, le retourna doucement, tâta sa carotide.

— Ils l'ont laissé pour mort, murmura-t-il, mais il respire encore faiblement. Allez chercher une civière, nous allons le transporter au bloc régénérateur le plus proche.

Pendant qu'un policier retournait à l'hélicobus, il fouilla le Lominate. C'était celui qu'il avait frappé à la racine du nez. Il n'avait pas économisé sa force. D'une rare violence, le coup avait plongé l'homme dans une inconscience proche du coma.

— A-t-il des papiers sur lui? s'informa Nax.

— Non. Ses compagnons ont pris soin de lui retirer tout ce qui aurait pu aider à une identification post mortem.

Nax haussa les épaules.

— Ils auraient mieux fait d'emporter son corps ou de s'assurer de sa mort. Tant qu'il y aura en lui un souffle de vie nous pourrons l'identifier grâce à sa fiche génétique.

Entendant revenir le policier, il ajouta :

— Il sera en régénérescence dans deux minutes. S'il ne succombe pas pendant le transport, cela va de soi...

***

Le Lominate était encore inconscient mais Rod savait déjà qu'il se nommait Ret Dinu. Il avait vingt-neuf ans, était célibataire, habitait Loume où il avait également vu le jour. Sa fiche disait qu'il exerçait la profession de mécanicien-électronicien.

— Ce n'est pas un imbécile, commenta le commandant Nax en observant Ret Dinu dont le corps était coincé entre les plaques lamelliformes du régénérateur. Si nous le tirons de là, j'aimerais savoir comment un individu apparemment intelligent et instruit peut collaborer à un mouvement terroriste et révolutionnaire.

Rod ne répondit pas. Il surveillait le cadran gradué du régénérateur. Ret Dinu revenait très lentement à un état de bonne santé. Primitivement, le sémiologiste électronique avait diagnostiqué un enfoncement du frontal avec pointe hémorragique interne cérébrale accompagnée d'épistaxis. Le régénérateur était en train de réparer les dégâts causés par le poing de Rod. Un poing habitué à enfoncer des fines plaques de rexylium au camp d'entraînement de Huklos... Si Ret Dinu s'en sortait, ce serait de justesse.

Le régénérateur avait stoppé l'épistaxis, donc l'hémorragie nasale, et, semblait-il, l'hémorragie interne cérébrale. Simultanément s'accomplissait une spectaculaire reconstitution du frontal.

L'aiguille progressait insensiblement, escaladait la graduation du cadran témoin. Rod dit :

— Il est sauvé. Encore quelques minutes et il sera en mesure de parler.

— S'il l'accepte, grogna Nax.

Rod le considéra obliquement.

— S'il refuse, nous le soumettrons à l'action d'un lecteur de pensées et cela reviendra au même, dit-il plus sèchement qu'il ne l'aurait voulu.

Il avait vaguement l'impression que Nax ne collaborait pas aussi franchement qu'il le fallait. Il sentait en lui une imperceptible restriction, une sorte de désir informulé de voir les choses se compliquer. Tandis que le régénérateur fonctionnait à plein régime, Rod se posait des questions quant à la perfection atteinte par l'organisation lominate et l'impunité dont bénéficiaient ses membres depuis des années. Cela nécessitait fatalement de nombreux appuis, de non moins nombreuses complicités, tant dans le bas de la gamme qu'au plus haut niveau.

Zeh Eghie n'avait pu apprendre le chiffre clé de la mission que par la bouche d'un membre de l'état-major. Même Bun Sovu en avait la certitude, et il l'avait reconnu au visiaphone. Si la pollution lominate avait gagné un tel niveau, on était en droit d'imaginer n'importe quoi, y compris une trahison du commandant Nax, d'un sergent, d'un policier de seconde classe...

Rod se tourna vers Nax.

— Merci de votre collaboration, mon

commandant, dit-il courtoisement mais fermement, je n'aurai plus besoin de vous dans l'immédiat.

Nax devint pâle. Rod ajouta :

— Ne prenez pas ombrage de mon désir de rester seul avec Ret Dinu. Cette mission est frappée du sceau top-secret et vous comprendrez ma décision, n'est-ce pas?

Nax s'inclina, très sec et visage de bois.

— Libre à vous, capitaine Rod; vous avez pleins pouvoirs de mener cette mission à votre guise. Je suis heureux d'avoir pu vous aider.

Il salua, s'en alla dignement et la porte pneumatique se referma hermétiquement derrière lui. Rod se pencha sur Ret Dinu. Il respirait régulièrement, son teint s'était coloré et ses lèvres s'agitaient silencieusement. Il devait rêver. Dans un instant il reviendrait à lui.

Rod observa le cadran. Il traduisait l'amélioration constante de l'état du blessé. A l'autre extrémité du régénérateur, une sorte de clavier soulignait les témoins du bon fonctionnement de l'appareil. Rod se perdit dans ses pensées et ce ne fut qu'au bout de quelques secondes qu'il enregistra l'arrêt du régénérateur. Tous les témoins étaient éteints, le cadran gradué était bloqué. Un lecteur d'intensité variable accusait une panne d'électricité.

Rod bondit, rafla l'interphone, actionna frénétiquement le poussoir correspondant au buzzer d'appel. Du coin de l'œil il épiait Ret Dinu. Sa respiration était déjà moins ample, ses lèvres ne remuaient plus et son teint se cyanosait de nouveau.

— Réception, jeta une voix mâle. Vous désirez?

— Le régénérateur vient de tomber en panne! aboya Rod en étreignant l'interphone à le briser.

— Cause? s'enquit froidement l'autre.

— Panne d'électricité! renvoya Rod.

Un temps infime, puis :

— Je vais brancher le secours, capitaine. Modifiez la position de la fiche bleue... Où en est l'aiguille du cadran témoin?

Rod lâcha l'interphone, changea la fiche bleue de prise, consulta le cadran.

— 132! jeta-t-il. Sa chute est régulière! L'aiguille est maintenant au 125!

— Le secours ne répond pas! se paniqua brusquement l'opérateur. Que se passe-t-il?

— Je n'en sais rien, articula Rod d'une voix glaciale, mais si mon blessé meurt, je vous souhaite bien du plaisir.. Vous deviez dormir pour ne pas avoir constaté avant moi que le régénérateur ne fonctionnait plus... Combien de temps avant que l'aiguille ne touche le rouge?

— Deux à trois minutes, pas davantage, répondit l'opérateur d'un ton plus calme. Je recherche la panne, capitaine.

Rod serra les poings.

— Le blessé survivra-t-il si l'aiguille touche la zone rouge?

— Non. En pleine opération de régénération, le sujet est fragilisé. Il ne faut pas que l'aiguille atteigne la zone fatale! Graduation?

— 105! jeta Rod.

Le teint de Ret Dinu se plombait, sa respiration perdait son rythme, ses doigts se violaçaient. Rod brancha le visiaphone intérieur, sélectionna le secteur de la réception. Penché sur ses appareils de contrôle l'opérateur apparut sur l'écran. Il manipulait un à un les claviers d'auto-réparation... Il leva un œil, aperçut Rod, dit avec une grimace :

— Je n'y comprends rien... Cela ne s'est jamais produit depuis que le Centre de régénération existe! Graduation?

— 80! Est-il normal que l'aiguille descende à une telle allure?

— Non. On pourrait croire que deux

sections ont cédé en même temps... Jamais vu ça!

— Un sabotage est-il envisageable? questionna Rod d'une voix volontairement unie.

L'opérateur lui jeta un bref regard, replongea derechef sur ses innombrables claviers.

— Ce serait en effet la seule explication raisonnable, articula-t-il. Chaque ligne est doublement assistée et bénéficie d'une autoréparation automatique en cas de défaillance d'un circuit. Mais, pour réaliser un sabotage, il faudrait avoir un plan de l'installation ou le connaître par cœur... Graduation, capitaine?

— 60! Nous ne sommes plus qu'à 50 degrés de la zone rouge! Faites vite!

L'homme secoua la tête.

— C'est matériellement impossible... Je dois vérifier chaque connexion des claviers les unes après les autres sous peine de sauter la bonne...

Rod le laissa travailler, dents soudées, songeant au commandant Nax. Il avait quitté la pièce cinq à six minutes avant la panne. Seul dans les couloirs déserts du Centre de régénération, il avait eu accès à l'installation générale...

L'aiguille était maintenant sur le chiffre

43. Ret Dinu ne respirait plus que faiblement, par à-coups, et ses narines se pinçaient. Bouche entrouverte, il cherchait désespérément à pomper l'air que ses poumons refusaient d'inhaler, mais il s'agissait d'un réflexe purement organique car son cerveau baignait toujours dans l'inconscience.

Quelques minutes s'écoulèrent dans le silence.

L'opérateur se tenait courbé, pianotant ses claviers avec dextérité mais sans résultat. Rod suivait avec anxiété la plongée de l'aiguille vers la zone inférieure du cadran, jetait de temps à autre un coup d'œil sur le visage de Ret Dinu. Sa peau paraissait se tendre, sa bouche s'ouvrait démesurément et sa langue se raidissait.

— Graduation? interrogea l'opérateur sans prendre le loisir de se tourner vers l'écran.

— 28! dit Rod, plus que 18 degrés...

Il dominait son émotion. L'opérateur faisait réellement tout ce qu'il pouvait pour relancer le régénérateur. Si le blessé succombait ce ne serait pas sa faute. Il avait évidemment failli à sa tâche en n'enregistrant pas la panne à l'instant même où elle s'était produite, mais Rod admettait qu'un homme ne peut constamment être attentif.

Entre les deux hommes, cependant séparés par plusieurs étages et de nombreuses épaisseurs de bétacier, la tension montait de façon intolérable.

— Graduation?

— 20.

L'un et l'autre devenaient de plus en plus laconiques. La vie d'un homme était en jeu.

— Graduation?

— 17.

L'opérateur attaqua la dernière série de claviers. Il pianota avec une rapidité folle et, brusquement, les témoins de bon fonctionnement se rallumèrent sous les yeux de Rod qui hurla :

— Ça y est! L'appareil repart!

L'opérateur se retourna, yeux cernés, visage creusé et lèvres exsangues. Il ne dit rien, se laissa simplement aller contre le dossier de son siège. Rod regarda l'aiguille.

Elle remontait, atteignait déjà le chiffre 23

CHAPITRE IV

Deux heures plus tard, Ret Dinu, allongé sur une couche de récupération, observait Rod avec étonnement. Ce dernier venait de lui narrer les derniers événements. Il ajouta sans élever la voix :

— Et ne niez pas que vous appartenez à leur organisation, n'est-ce pas?

Dinu eut un rictus.

— Cela me serait difficile, vous me prendriez pour un débile mental si j'essayais de nier l'évidence... Cependant je tiens à dire que j'ai vainement tenté de les quitter après avoir vu de quelle inhumaine façon ils traitaient leurs prisonniers.

— Pourquoi n'avez-vous pu le faire?

— Ils m'en ont empêché, fit Ret Dinu avec amertume. Personne ne quitte l'organisation lominate de son vivant. Ils sont féroces, implacables; ceux qui tombent entre leurs griffes n'en sortent que pour être transportés jusqu'au plus proche désintégrateur... J'aurais peut-être essayé si ma seule peau avait été en jeu mais je me suis tenu tranquille après l'enlèvement de Soria, ma fiancée.

Comme Rod le dévisageait d'un air dubitatif, il ajouta avec une véhémence passionnée :

— C'est la vérité, capitaine Rod! Ils m'ont laissé agonisant au fond de votre cellule et m'auraient supprimé sans pitié s'ils avaient deviné en moi le moindre souffle de vie! Chez eux on ne soigne pas les blessés! Je vous dois la vie et même si vous devez m'envoyer en prison pour de nombreuses années, je vous serai toujours reconnaissant de m'avoir sauvé.

— Je l'ai fait par intérêt, rappela Rod. J'attends de vous des révélations sur vos complices, ne l'oubliez pas!

Ret Dinu acquiesça.

— Qu'importe vos raisons, le résultat est là. D'ailleurs je comprends très bien votre répulsion à sauver gratuitement un Lominate! Cette organisation est formée de politiciens sans scrupule, de militaires prêts à mettre la galaxie à feu et à sang pour s'emparer du pouvoir, et, sous leurs ordres, ils ont des voleurs, des assassins, ou des pauvres types comme moi.

— Personne ne vous a obligé à entrer dans leur organisation.

— J'ai cru à un idéal, aux bienfaits d'un ordre nouveau, en quelque chose de plus équitable, murmura le jeune homme avec lassitude. Quand je me suis aperçu que tout cela n'était qu'une façade destinée à dissimuler leurs véritables intentions, c'est-à-dire la prise d'un pouvoir somme toute tolérant afin de le transformer en une dictature ayant pour base le profit et l'exploitation de l'homme par l'homme, il était trop tard. Ils ont enlevé ma fiancée en menaçant de la mutiler affreusement si je n'acceptais pas de continuer à les servir... J'ai cédé car j'ai vu des hommes et des femmes qu'ils avaient rendus aveugles, muets, et à qui ils avaient tranché les mains au ras du poignet.

Il y eut un silence. Que Rod rompit en disant :

— Où se trouve votre fiancée?

— Je l'ignore.

— Comment pouvez-vous être sûr qu'ils ne l'ont pas déjà supprimée?

Ret Dinu eut un haussement d'épaules découragé.

— Je ne le sais pas, je n'ai aucun moyen

de le savoir mais je crois, d'après une conversation que j'ai surprise, qu'elle est au service de la famille Spah quelque part sur Ezhache.

Rod sut qu'il n'essayait pas de lui mentir. Le général Spah était l'un des chefs de l'organisation lominate. Il était entré en dissidence six ans auparavant, avec une partie de ses troupes, de ses officiers, de quelques experts en cybernétique, en bionique et en électronique.

Rod dit :

— Avez-vous entendu parler d'une terrifiante arme nouvelle mise au point par les chercheurs lominates?

Dinu secoua la tête :

— Oui, mais sans plus de précision. On fait périodiquement courir des bruits à ce sujet... Vous savez, capitaine Rod, j'ai peur que vous n'ayez pas tiré le bon numéro en me sauvant la vie. Sachant que je ne travaillais que sous la contrainte, les Lominates me tenaient à l'écart et je n'en sais guère plus que vous... Le seul homme qui aurait pu vous renseigner était le garde qui m'accompagnait dans votre cellule et vous l'avez raté.

— Vous ne me ferez pas croire que vous n'en savez pas davantage, fit Rod avec méfiance. J'ai l'impression que vous attendez de moi une promesse d'impunité, est-ce le cas?

Ret Dinu eut un étroit sourire.

— Peut-être, dit-il évasivement. Il est normal qu'un homme en danger garde une poire pour la soif. Je n'ai pas de chance. Les Lominates m'ont obligé à travailler pour eux et, à présent, on cherche à me soutirer des renseignements sous la menace...

Rod se fit la réflexion que Dinu était infiniment plus rusé qu'il n'en avait l'air. Il avait dit le strict minimum, avait alléché son interlocuteur en parlant de la famille Spah réfugiée sur Ezhache... Maintenant il laissait entendre que Rod obtiendrait de lui des renseignements plus importants à la condition de se montrer magnanime envers lui. Bon gré mal gré il était coupable d'avoir collaboré avec les Lominates. Si Rod le remettait à la justice, et quelles que soient ses circonstances atténuantes, il écoperait d'une sévère condamnation de prison. Rod dit :

— Bien, je comprends. Je vais vous faire une proposition, Ret Dinu : vous m'aidez à remonter la filière lominate, et en contrepartie je vous assure l'impunité et m'engage à tout mettre en œuvre pour retrouver et libérer votre fiancée.

Les larmes montèrent aux yeux de Dinu. Il tomba à genoux et murmura :

— Si tu fais cela, capitaine, tu obtiendras de moi ce que tu voudras, y compris le sacrifice de ma vie.

Rod lui tourna le dos.

— Relève-toi, dit-il sèchement, je n'en demande pas tant! Personne n'est l'esclave de personne! Si tu veux me rendre service, remue-toi et mène-moi à ton contact lominate!

— D'accord, accepta Ret Dinu, allons-y.

***

Ils venaient d'arriver dans le quartier noir de Loume. Un quartier ultra-moderne, situé au nord de la capitale orgonne, hérissé de buildings, de trois voies de circulations superposées, où la foule grouillait, cosmopolite.

— Il se nomme Rak Milak, fit Ret Dinu. Son magasin est à deux pas de là, dans la rue 75. Veux-tu que je t'accompagne?

Rod acquiesça après une seconde de réflexion. Peu importait que ce Rak Milak sache que Dinu travaillait désormais pour la Sûreté Spatiale, sous les ordres de Rod et avec l'assentiment de Bun Sovu interrogé par visiaphone public. Rod lui avait conseillé d'ouvrir une discrète enquête sur le commandant Nax, lui avait demandé de faire acheminer sa propre spatiofusée, l'*Ouragan*, vers une piste écartée du spatiodrome de Loume afin que les services de Nax ne soient pas au courant du déplacement qu'il envisageait en direction du Ezhache avec Ret Dinu comme mécanicien-électronicien.

— S'il me croit mort, objecta Dinu, Rak Milak va se méfier et préviendra son supérieur hiérarchique après notre départ.

Rod le dévisagea froidement.

— Après notre départ il ne préviendra personne car il ne respirera plus, laissa-t-il tomber. Passe devant et agis comme si tu étais seul.

Ret Dinu opina et se mit en marche. En quelques minutes il fut devant un magasin ancien. Rak Milak vendait et achetait des antiquités... Instantanément Rod pensa à Lop Shédaï qui, dans le quartier jaune de Phungrat, sur Aizitz, vendait également des vieilleries datant de l'époque des Chong. Il y avait là quelque chose d'étrange. S'il ne s'agissait pas d'une coïncidence, peut-être y avait-il une relation de cause à effet non évidente de prime abord.

Dinu s'assura que Rod le suivait et entra. Ce n'était pas la première fois qu'il venait. Milak le convoquait régulièrement pour lui donner des instructions. Le magasin était petit, garni de rayons surchargés de livres aux couvertures précieuses, de bibelots étranges. Une allée le divisait en deux jusqu'à une lourde tenture vert jade sur laquelle deux monstres ailés crachaient le feu. Un parfum troublant flottait dans l'air, curieux remugle d'oliban et de jasmin fané, auquel venait se mêler l'odeur caractéristique de la poussière sans cesse déplacée mais rarement chassée.

Ret Dinu avait l'impression d'être là depuis des heures lorsque le rideau vert jade laissa passer un homme de race noire. Il était grand, puissamment charpenté, avec des mains larges comme des battoirs. Son regard était assuré, quelque peu dédaigneux en se posant sur Ret Dinu.

— Que viens-tu faire ici? gronda-t-il d'un ton mécontent et surpris. On m'a dit que tu avais été gravement blessé au monastère!

Il modifia son expression car Rod venait à son tour de pénétrer dans le magasin. Il souffla à Ret Dinu :

— Va m'attendre dans l'arrière-boutique pendant que je m'occupe de ce client.

Dinu le contourna mais resta devant le rideau au lieu de le franchir. Rod s'avança, bras ballants.

— J'appartiens à la Sûreté Spatiale, dit-il calmement. Ret Dinu a changé de camp, Rak Milak. Tu vas devoir dire ce que tu sais sur ton organisation et, notamment, sur celui dont tu reçois tes directives...

Le Noir prouva qu'il avait des réflexes en bondissant vers un tiroir. Il l'ouvrit, saisit la crosse d'un pistolet thermique mais Rod se rua sur lui et, d'un terrible coup de poing à l'épaule, il lui paralysa littéralement le bras droit. La main de Rak Milak se tendit, ses doigts laissèrent tomber le pistolet tandis que la douleur s'irradiait dans sa puissante poitrine. Il hurla une injure, sauta sur Rod qu'il heurta de plein fouet. Projeté par cette masse de chair et de muscles, le capitaine s'écroula contre une étagère. Des bibelots et des livres en tombèrent tandis que le Noir plongeait sur son adversaire.

Rod l'évita en boulant, contra d'un coup de pied au visage. Sa jambe fouetta l'air et son talon frappa Milak au menton. Rod fut debout en une fraction de seconde, se retrouva face à face avec Milak dont la résistance se révélait étonnante. Mais il manquait manifestement d'entraînement car son souffle était déjà court. Simultanément son agressivité venait de se transformer en prudence. En dépit de sa taille moyenne, l'homme qu'il avait devant lui possédait une puissance de frappe considérable.

Ret Dinu se baissa et ramassa le pistolet thermique en prévenant :

— Tranquille, Milak, sinon je te transforme en cendres! Les mains derrière le dos! Vite!

Le Noir obtempéra. Il craignait moins Rod que Dinu maintenant que ce dernier détenait une arme mortelle.

— Regarde-le, capitaine! ironisa Dinu. Regarde comme il est obéissant! C'est lui qui a préparé l'enlèvement de Soria et il sait que je n'aurai aucune pitié...

Rod jeta un coup d'œil dans la rue, alla fermer la porte du magasin.

— Passons dans l'arrière-boutique, dit-il en poussant le Noir devant lui.

Ils franchirent le rideau, pénétrèrent dans une pièce confortable, équipée d'un lit-relax, d'un téléradar et d'un visiaphone. Un écran retransmettait en permanence les images de la rue avec, en premier plan, l'entrée du magasin. Ainsi, depuis son lit, Rak Milak pouvait identifier ses visiteurs, ses clients et, éventuellement, des agents de la Sécurité

Planétaire... En vue de cette dernière éventualité, sa fuite était prévue par une porte secondaire qui, vraisemblablement, donnait sur un couloir d'accès à l'héliport de la terrasse du building.

— Assis! ordonna Ret Dinu d'un ton féroce.

Le Noir lui jeta un regard cruel et gronda :

— Je te retrouverai et tu assisteras à la mutilation de ta fiancée avant de mourir!

L'index de Dinu se crispa sur le poussoir de l'arme. Rod la lui enleva de la main.

— Du calme, l'instant n'est pas venu d'assouvir ta vengeance, Ret. Nous sommes ici dans un but déterminé n'est-ce pas?

Dinu acquiesça, ses muscles se détendirent mais son regard conserva une menaçante densité. Milak ricana, se laissa choir sur un siège galbé. Il avait du ressort, une certaine forme de courage. Il lâcha :

— Vous ne tirerez rien de moi tant que Soria sera en notre pouvoir. A la limite, vous pourrez seulement négocier sa libération contre la mienne.

— Nul ne peut résister à la torture, dit Rod d'une voix froide. Je vais te poser une question. Si tu ne réponds pas je te carboniserai le pied droit sans hésitation malgré la répulsion que m'inspire cette méthode.

Ret Dinu grimaça.

— Tu peux lui carboniser les jambes sans scrupule, capitaine. Tu as en face de toi l'un des plus sanguinaires membres de l'organisation lominate! Le nombre de ses victimes est sûrement incalculable! On m'a dit qu'il mutilait lui-même ceux, qui comme toi, étaient condamnés par les juges fantoches du général Spah!

Rak Milak perdit de sa superbe, resta muet, les yeux braqués sur le canon du thermique. Rod demanda :

— Où se trouve le quartier général de l'état-major lominate? C'est ma première question. Tu as trente secondes pour répondre.

Le Noir ne desserra pas les dents et les secondes s'écoulèrent lentement, dans le profond silence de l'arrière-boutique.

— Plus que dix secondes, prévint Rod.

Il visa le pied droit de Milak qui jeta, la sueur au front :

— Je ne le sais pas! Je ne suis qu'un rouage sans importance de l'organisation... Non! Ne tirez pas! C'est la vérité! Je sais seulement que Spah et les siens sont installés sur l'une des quatre planètes de la constellation de Whrane...

Rod releva légèrement l'arme. Il pensait effectivement qu'un agent de secteur comme Milak ne pouvait être au courant de la position exacte du G.Q.G. lominate.

— Seconde question, dit-il. Qui est ton chef hiérarchique?

— Le commandant Nax, répondit spontanément le Noir qui était hypnotisé par le pistolet thermique.

La peur s'était glissée en lui et ne le lâcherait plus. Un frisson le secoua et il dut se raidir pour le maîtriser. Rod demanda :

— Où est la fiancée de Ret Dinu?

— Sur Ezhache... Il y a là-bas une base avancée expérimentale chargée d'interdire, aux vaisseaux d'exploration, l'accès des autres planètes de la constellation de Whrane...

Il s'interrompit car sa voix tremblait. Dans les yeux de Ret Dinu il avait lu sa condamnation à mort.

— Continue, invita Rod. Ezhache est une planète de dimensions modestes, certes, mais il me faut la position précise de cette base.

— Je l'ignore. On dit que la base est dissimulée en permanence derrière un camouflage de brume... Si vous me tuez l'alerte sera donnée dans chaque cellule de l'organisation... Vous n'aurez pas la possibilité d'arriver à Ezhache et...

Il se tut, conscient de parler dans le vide. Son heure était venue, c'était inéluctable. Le désespoir le gagna. Il aurait fait n'importe quoi pour sauver sa vie. Il dit encore :

— Donnez-moi une chance, je peux vous être utile, vous aider par exemple à confondre le commandant Nax.

— Quand tes victimes te suppliaient de les épargner, dit doucement Ret Dinu, il paraît que tu avais un sourire de jouissance... Parmi eux il y avait des femmes et des vieillards.

Rak Milak baissa la tête et ce fut cet instant que choisit Rod pour tirer. Le jet de feu frappa le Noir à la poitrine. Les chairs explosèrent, le cœur fut carbonisé. Il n'y eut pas d'écoulement de sang car chaque veine, chaque artère, le plus petit vaisseau, étaient littéralement cautérisés. Milak s'effondra, mort, glissa lentement de son siège.

Ret Dinu le retint pour l'empêcher de tomber.

— Justice est faite, dit-il en guise d'oraison funèbre, et la galaxie compte une belle ordure en moins. A présent il nous faut le fourrer dans le désintégrateur!

— Non. Mieux vaut que les Lominates croient à un suicide ou un accident. Il arrive quelquefois qu'un homme se supprime involontairement en rechargeant une arme.

Rod glissa le pistolet thermique dans la main de sa victime, procéda à une élémentaire mise en scène destinée à faire accréditer la thèse du suicide ou de l'accident. Il ouvrit ensuite la porte secondaire. Ainsi qu'il le pensait, elle donnait sur le couloir du building, non loin d'une série d'ascensiobulles permettant d'accéder à l'héliport de la terrasse.

— Quelqu'un vient, murmura Ret Dinu.

Rod suivit son regard. Sur l'écran de contrôle retransmettant l'image de la rue et l'entrée du magasin, il vit qu'un homme essayait en vain de manœuvrer la poignée de la porte. Après quoi il se colla à la vitrine pour regarder à travers la glace puis, constatant que le magasin était désert, il se mit à faire les cent pas sur le trottoir.

— Le connais-tu? demanda Rod.

— Non, jamais vu...

— Il peut néanmoins appartenir à l'organisation, supputa Rod, et nous ne pouvons plus nous permettre de sortir par la rue. Je n'ai plus d'argent sur moi. Vois s'il n'y a pas une poignée de mondialex dans cette pièce.

Tandis que Rod continuait de surveiller l'homme, qui n'était peut-être qu'un client ordinaire, Ret Dinu découvrit près de cent mille mondialex dans un tiroir.

— Parfait, estima Rod, nous allons prendre un ascensiobulle et nous rendre au spatiodrome à bord d'un hélicojet de transport. Viens.

Ils sortirent, grimpèrent dans un ascensiobulle. Pendant que celui-ci les emportait à toute allure vers le sommet du building, Ret Dinu s'enquit :

— Tu ne vas pas arrêter le commandant Nax?

— Non, du moins pas dans l'immédiat car ce serait une erreur. L'arrestation de Nax venant après la mort de Rak Milak donnerait l'alerte aux Lominates. Nous allons agir secrètement, en prenant un maximum de précautions pour assurer notre propre sécurité tout en tranquillisant Nax et ses amis.

Sur la terrasse, ils prirent un hélicojet à vingt places qui effectuait le trajet depuis la Présidence jusqu'au spatiodrome en passant par le Centre de régénération, le Parc central, le secteur marchand et le quartier noir de Loume, au-dessus des voies de circulation, des lignes de force, mais sous les couloirs de vols de la police et de la Sécurité Planétaire.

Ils débarquèrent sur le spatiodrome sans problème. Rod entraîna son compagnon vers les cabines visiaphoniques.

— Reste à l'écart, je vais appeler Nax.

Ret Dinu alla s'embusquer à quelque distance et Rod forma l'indicatif du bureau de la Sécurité Planétaire, demanda à parler au commandant Nax. Quand celui-ci apparut sur l'écran, il dit :

— Je suis rappelé sur Obicera, mon commandant, je tenais à vous en avertir avant mon départ.

Les traits de Nax exprimèrent le soulagement. Après avoir saboté l'installation électrique du régénérateur, il avait dû se poser bien des questions sur les conséquences de son geste.

— Mais, dit-il, et votre prisonnier lominate?

— Mort en cours de régénération. Une malencontreuse panne de courant a ruiné mes espoirs. C'est la raison de mon retour sur Obicera où j'espère que mes collègues auront arrêté Hud Maox et ses complices.

Il savait que personne n'était arrêté. Nax

avait naturellement fait le nécessaire pour avertir Hud Maox du danger qui le menaçait. Le commandant eut un sourire fourbe.

— Eh bien, je l'espère également, capitaine. Il ne me reste qu'à regretter la brièveté de notre collaboration et à vous souhaiter un bon voyage.

— Merci, commandant, termina Rod.

Il coupa, forma aussitôt l'indicatif de Bun Sovu à Oxima. L'écran s'illumina et, à la surprise de Rod, ce fut le charmant visage de Lonia Imis qui s'y inscrivit. La jeune femme arrondit les yeux.

— Rod! Ce n'est pas vrai, je rêve! Où es-tu, que fais-tu, pourquoi m'as-tu laissée sans nouvelles? Je me moque de tes démêlés avec l'armée! D'ailleurs...

Elle baissa la voix, observa l'environnement de Rod et ajouta :

— ... Je n'y crois pas du tout. Est-ce que je me trompe, capitaine?

En son for intérieur, Rod maudit l'interférence qui venait de le mettre en communication avec son amie.

— Ne me pose pas de question, dit-il. Pense ce que tu veux mais n'en parle pas. Passe-moi Bun Sovu le plus vite possible, je n'ai pas beaucoup de temps devant moi, Lonia.

La jeune femme poussa un petit soupir, sourit.

— Ouf! je préfère ça, chéri! Je me doutais que tu étais en mission secrète mais, faute d'en être certaine, je me demandais si tu n'avais pas décidé de changer de vie. Je te passe le commandant, je t'embrasse...

Son image disparue, fut presque immédiatement remplacée par celle de Bun Sovu. Rod actionna le brouilleur. Il ne tenait pas à ce qu'un regard indiscret identifie son chef, même s'il avait pris envers Nax les précautions qui s'imposaient. Il questionna d'emblée :

— Avez-vous réussi à capturer Hud Maox et les autres?

— Non, répondit le directeur de la Sûreté, vos collègues ont fait chou blanc. Maox et Alia Krisar venaient de partir en tournée « d'inspection », Zeh Eghie était en congé de maladie. Quant à Rona Kol, soi-disant mutée sur le *Star,* nul n'a été capable de nous dire pourquoi elle n'a pas repris son service. Ensemble, ils ont manifestement pris la fuite. Qui a vendu la mèche?

— Nax. Par le truchement d'un certain Rak Milak, j'ai obtenu la confirmation qu'il appartient à l'organisation lominate.

— Nous devons le mettre hors d'état de nuire, gronda Bun Sovu.

— Pas maintenant. Toujours par Rak Milak, j'ai appris qu'une base avancée lominate existe sur Ezhache. En laissant Nax en liberté nous éviterons que les Lominates installent sur Ezhache un comité d'accueil chargé de me recevoir chaudement. Là-bas je vais poursuivre trois objectifs, mon commandant. Un : retrouver la trace du *Garan* et, si possible, sauver Ed Agor et Mum Psam. Deux : délivrer la fiancée de Ret Dinu. Trois : obtenir des renseignements sur la nouvelle arme mise au point par les chercheurs du général Spah... L'*Ouragan* a-t-il quitté Oxima ?

Du coin de l'œil Rod vit que Dinu s'était rapproché de la cabine visiaphonique. Il tournait maintenant autour d'un pilier, essayant visiblement de ne pas être vu d'un tiers. Rod serra les dents. Si un agent de Nax apprenait que Dinu était vivant...

— Votre appareil arrivera à Loume dans moins de trente minutes, confirma Bun Sovu. J'ai veillé personnellement à son approvisionnement en munitions, en ravitaillement. Sa mise au point a été faite par l'équipe de Fousk. Toutes les chances seront de votre côté dans la constellation de

Whrane, mais ne commettez pas d'imprudence. Et n'oubliez jamais qu'aucun vaisseau n'est revenu de Whrane!

— Je ne l'oublierai pas, promit Rod. A bientôt, mon commandant.

Il coupa, sortit de la cabine. Un geste de Ret Dinu l'incita à ne pas l'approcher. Rod s'éloigna en évitant de se retourner et se rendit au boxnutri du spatiodrome situé à proximité des cabines. Il pensait que Ret avait repéré un homme de l'organisation. Un homme délégué par Nax pour s'assurer que Rod quittait effectivement Loume par un vol régulier... Ce qui ne serait pas le cas puisque Rod et Dinu s'embarqueraient, en bout de piste, sur l'*Ouragan*. Cela créait un nouveau problème. Pour le résoudre il faudrait semer le gêneur, ou l'éliminer dans un coin tranquille du spatiodrome, étant bien évident que cette dernière solution ne devrait intervenir qu'en tout dernier ressort. La disparition d'un Lominate s'ajoutant au « suicide », ou la mort accidentelle, de Rak Milak ne manquerait pas d'éveiller la méfiance de Nax...

Afin de justifier sa présence au boxnutri, Rod consomma un bassan aux vitamines C accompagné d'un jus de rimarde suractivée. Tout en mangeant, il épiait Ret Dinu et, à sa position, devinait que quelqu'un se tenait entre les cabines et le boxnutri... Donc, c'était lui, Rod, que l'on surveillait.

Depuis l'abri de son pilier, Ret Dinu se livra à une mimique signifiant sans ambiguïté qu'il allait téléphoner à Rod pour le mettre au courant de la situation sans intervenir directement. Rod le regarda disparaître puis il se dirigea vers le bureau de réception des communications.

— J'attends un appel téléphonique, dit-il au préposé, je me nomme Rod.

— Entendu. Asseyez-vous, je vous appellerai dès que votre demandeur sera en ligne.

Cela se produisit au bout de quinze secondes. Rod s'empara du combiné. Ret Dinu dit :

— Tu es surveillé par un agent lominate que j'ai reconnu de justesse avant qu'il ne m'aperçoive. Il ne se trouvait pas au monastère mais je l'ai vu assez souvent dans le magasin de Rak Milak. Il porte une combinaison jaune, à parements rouges, et des bottes fauves. Avec sa tête en forme de poire tu le localiseras facilement. Que dois-je faire?

— Disparaîs! Va te cacher le plus loin possible, mais du côté de la piste de dégagement où ma spatiofusée se posera dans une vingtaine de minutes... Je vais tenter de semer le Lominate.

— D'accord, je vais sur la piste de dégagement, répondit Ret Dinu.

Rod coupa, retourna finir son bassan et son jus de rimarde. Au bout d'un bref instant il localisa l'homme au visage en poire, en combinaison jaune. Il se tenait de trois quarts arrière. semblait s'intéresser à tout sauf à Rod. Un bon agent, bien rôdé, qu'il ne serait pas facile de lancer sur une fausse piste... Rod régla ses consommations, quitta le boxnutri, s'éloigna d'un pas tranquille en direction du hall de départ grouillant de voyageurs en train de sacrifier aux formalités d'embarquement.

Depuis que Rod avait été paralysé sur Vator, il portait la combinaison bleu ciel de la C.U.A. Au monastère de Roslh, on l'avait dépouillé de ses objets personnels mais nul n'avait songé à lui donner une autre combinaison et, en cet instant précis, cette négligence lui était bénéfique.

Il s'engagea sans hésiter dans le couloir réservé au personnel de la C.U.A., salua le gardien au passage, continua dans le restaurant. A la sortie de cet établissement il jeta un coup d'œil en arrière. L'homme de l'organisation palabrait avec le gardien qu'il ne parvenait pas à convaincre de lui laisser le passage...

Rod s'esquiva, contourna le bâtiment, fonça se mêler à un équipage de la C.U.A. en route pour prendre son poste à bord d'un astronef de tourisme. Rod abandonna le groupe, grimpa lestement dans une navette qui le conduisit, avec des mécaniciens et des radiotéléradaristes, jusqu'à la piste de dégagement où Ret Dinu l'attendait à l'abri d'un hangar.

Sur les pistes centrales, les bâtiments décollaient ou se posaient constamment. A présent, il n'y avait pas une chance sur cent pour que le suiveur de Rod parvienne à retrouver sa trace. Rod frappa amicalement l'épaule de son équipier.

— Réfugions-nous dans le hangar. Ma spatiofusée se posera dans moins de quinze minutes et ce n'est pas le moment de tout gâcher en restant à découvert... Déjà navigué en hyperlumière, Ret?

Ce dernier secoua négativement la tête. Dans ses yeux il y avait un peu d'appréhension, mais s'il avait pu imaginer dans quelle aventure il se lançait, il aurait sans aucun doute pris la fuite...

***

L'*Ouragan* était un bâtiment d'exploration du même type que le *Garan,* mais plus fortement armé et plus rapide. Poussé par ses six propulseurs, le bâtiment fonçait vers la constellation de Whrane en évitant d'émettre à destination d'Obicera pour éviter tout repérage lominate.

En tant que mécanicien-électronicien, Ret Dinu avait navigué à plusieurs reprises sur des vaisseaux de transports, mais jamais il n'avait eu l'occasion de plonger dans le cosmos ni de voir s'éloigner Orgo à une telle allure.

Décontracté, donnant l'impression d'être bien dans sa peau, Rod observait le cadran cosmique, suivait le point rouge représentant l'*Ouragan* et donnant, minute après minute, sa position par rapport à la 612e galaxie et à la constellation de Whrane.

— Où sommes-nous? s'enquit Ret Dinu.

— A quinze millions de biocromètres d'Orgo, répondit Rod, plus très loin de Ezhache que nous atteindrons demain matin si tout va bien.

— Qu'est-ce qui peut aller mal?

— Rien pour ce qui concerne l'*Ouragan* ni les conditions de navigation. Par contre nous pouvons être localisés par les téléradars lominates et nous heurter à une escadrille d'intervention...

Dinu regardait défiler des aérolithes à travers le vaste hublot de velax. Il dit :

— Ton bâtiment est rapide, puissamment armé, n'est-ce pas ?

Rod acquiesça.

— Les six spatiofusées et le *Garan* qui nous ont précédés dans la constellation de Whrane étaient rapides et solidement armés. Cependant ils ont disparu sans laisser de trace ni envoyer de message de détresse. Dès le milieu de la nuit il faudra ouvrir l'œil, Ret. Si une escadrille nous prenait par surprise et parvenait à nous cadrer dans ses collimateurs ce serait notre fin... Je branche le pilote automatique et vais me reposer pendant cinq heures. Ne perds pas de vue le cadran cosmique. Si un point vert s'y inscrit n'hésite pas à m'éveiller car il signifiera qu'un autre vaisseau vient de pénétrer dans notre espace de sécurité cosmique. D'accord ?

— D'accord, tu peux te reposer en paix, capitaine, je veille.

Rod alla s'étendre sur la couchette, ferma les yeux et s'endormit instantanément. Dinu éprouva subitement la sensation d'être seul dans l'immensité galactique. C'était son premier vrai voyage interplanétaire. Il se sentait minuscule, fragile, incroyablement vulnérable. L'*Ouragan* évitait de lui-même les météorites, et autres aérolithes, se dirigeait automatiquement vers Ezhache, mais Dinu craignait une panne quelconque, imaginait que la spatiofusée perdait sa route, qu'un énorme aérolithe venait s'écraser contre lui et le faisait éclater comme une coque de bolose...

Pendant les quatre heures qui suivirent, il ne cessa d'ausculter les propulseurs, les appareils de détection électromagnétique par téléradar, utilisa même son électrodynamomètre pour mesurer l'intensité du courant animant les armes de bord.

A minuit, il constata que l'*Ouragan* avait parcouru en hyperlumière la distance énorme de 18 millions de biocromètres. Dans le même temps, il vit très nettement la traînée lumineuse de la constellation de Whrane prendre forme sur l'écran cosmique. Mais, à travers le hublot de velax, c'était la nuit épaisse du néant, parfois crevée par le passage fugitif d'un élément électroluminescent.

Dinu se retourna, observa l'espace à travers le velax arrière. Les six principales planètes de la 612e galaxie n'étaient plus visibles. L'*Ouragan* arrivait aux confins de la nébuleuse, là où les Lominates avaient réussi à s'installer, du moins le prétendait-on, mais Dinu en doutait, tant cette portion de la galaxie lui paraissait inhospitalière. Quand il refit face à l'écran cosmique, son regard s'écarquilla : deux points verts s'y trouvaient, déjà bien engagés dans le cadran divisé et gradué, horriblement proches, lui parut-il, du point vert matérialisant l'*Ouragan!*

Ret Dinu bondit, secoua Rod sans ménagement.

— Capitaine! Réveille-toi! Il y a deux points verts sur l'écran, droit devant, au 780 par constellation 004!

Rod se dressa, tout de suite lucide. Son regard examina le cadran lumineux, compara les paramètres. Il dit :

— Ils sont encore loin mais nous sommes à coup sûr dans leur collimateur. Je reprends le pilotage manuel. Charge les missiles dans les tubes tribords. S'ils ne répondent pas à ma demande d'identification codée selon nos règles, ce sera la bataille, Ret!

Dinu fit monter les missiles, bloqua la sûreté et objecta :

— Les Lominates peuvent être au courant du code! Ils vont te répondre pour endormir ta méfiance puis ils nous désintégreront dès que nous serons à portée!

Rod eut un rictus, consulta la pendule.

— Le code est modifié depuis une soixantaine de minutes, mon ami. Bun Sovu n'est pas un enfant! Voyons s'ils vont répondre?...

Il expédia sa demande d'identification codée par trois fois. En réponse il ne reçut que les grésillements habituels des ondes surchargées du cosmos. Il lâcha l'identificateur, tourna vers Ret Dinu un visage grave.

— Boucle ta ceinture, Ret. J'attaque!

Dinu s'écrasa dans le siège baquet et serra à fond son harnais. Sur l'écran, les deux points verts lui paraissaient énormes et indestructibles.

CHAPITRE V

Immédiatement, la maniabilité et la vitesse de l'*Ouragan* lui donnèrent un net avantage sur les deux vaisseaux lominates. Ceux-ci disposaient d'une puissance de feu supérieure, mais comme tous les bâtiments de ce type, étaient handicapés par leur poids. Une fois lancés sur une trajectoire, ils avaient d'énormes difficultés pour en modifier la courbe à pleine vitesse.

Tandis que leurs missiles allaient se perdre dans le néant, les trois engins crachés par les tubes tribords de l'*Ouragan* firent mouche dans les superstructures du premier astronef. Déchiquetée, sa batterie thermique vola en éclats. Les débris de rexylium s'éparpillèrent dans l'espace en même temps que les corps ensanglantés des servants.

Aérodynamique rompue, le bâtiment se cabra brusquement, dérapa longuement sur la gauche... Momentanément incontrôlable, il ne défendait plus le chemin de la constellation de Whrane. L'*Ouragan* fonça dans la brèche pratiquée au 770 mais Rod fut contraint de modifier brutalement son cap pour éviter un formidable bombardement désintégrant.

Le second vaisseau employait la seule tactique valable contre un adversaire plus léger et plus rapide que lui. Il le maintenait à distance tout en essayant de l'atteindre dans ses œuvres vives grâce à ses canons à longue portée. Rod fit grimper l'*Ouragan* en poussant à fond ses propulseurs. Ecrasé contre le dossier de son siège par la formidable accélération, Ret Dinu assistait en spectateur à ce duel de géants.

Sur l'écran du cadran cosmique, il apercevait maintenant la ceinture de la constellation de Whrane, la planète Ezhache éclairée par le rayonnement alternatif de ses quatre lunes à éclipses.

Sur les lignes de triangulation du téléradar panoramique de combat, il voyait en gros plan l'énorme bâtiment lominate dont les canons fulguraient sans arrêt. Il se nommait *Balos II,* portait sur le flanc de son poste de commandement un vaste écusson aux armes tristement célèbres du général

Spah. Plus loin, à l'extrémité de l'écran, l'autre vaisseau de guerre venait enfin de maîtriser la dérive provoquée par la perte de sa batterie thermique. Il amorçait son retour, lentement, prudemment, attendant visiblement que l'*Ouragan* soit nettement détaché du *Balos II* pour lui expédier une bordée de missiles à tête chercheuse.

— Charge les tubes bâbords! aboya Rod dont les yeux étincelaient.

Dinu bascula la manette de chargement, fut de nouveau incrusté dans son siège. L'*Ouragan* venait de plonger. Yeux hors de la tête, mains crispées sur les poignées de soutien, poitrine oppressée par les courroies de son harnais, Dinu eut envie de hurler quand l'*Ouragan* piqua sur le *Balos II* en se faufilant extraordinairement entre les rayonnements des canons et la pluie de missiles montant à sa rencontre.

Rod ouvrit le feu à bout portant, fit ressource simultanément, eut un rire sauvage en constatant que le *Balos II* venait de perdre l'une de ses tourelles de visée électronique.

— Attention! cria Ret Dinu en baissant instinctivement la tête.

Expédiés par l'autre croiseur de l'espace, une douzaine de missiles nucléaires à tête chercheuse venaient par tribord avant, amorçant la courbe que l'*Ouragan* amorçait, fantastiquement rapides, menaçants comme des requins avec leur gueule effilée et leurs ailerons rectificatifs de vol.

Rod laissa partir un leurre magnétique à forte attraction. L'engin fila, passa au large des missiles ennemis qui infléchirent instantanément leur course et se lancèrent à la poursuite de l'appât. Pendant cette opération, cependant très brève, l'*Ouragan* s'était considérablement écarté des lieux du combat, de même que le *Balos II* emporté par son élan vers le 630 par constellation 022.

Ezhache était plus proche, jaune et violette, grotesquement maquillée par une brume orange comme une femme désireuse de cacher ses rides.

— Je vais rompre! annonça Rod au grand soulagement de son équipier de fortune. L'instant est favorable pour passer derrière Ezhache! Ils ne sauront pas sur-le-champ si nous n'avons pas continué vers l'une des trois autres planètes!

L'*Ouragan* se retourna acrobatiquement, dérapa promptement au 780 et plongea sur Ezhache à une stupéfiante allure. A cet instant précis, les missiles à tête chercheuse rejoignirent le leurre magnétique. Douze explosions atomiques secouèrent le cosmos et un gigantesque nuage de fumée se répandit, enveloppant les bâtiments lominates, étirant sa langue gazeuse jusqu'à l'*Ouragan*...

Soudain, le télérex de bord se mit à crépiter à une cadence folle. Le transmetteur afficha le message codé sur la partie inférieure du visiaphone astral. Rod identifia aussitôt le code spécial de la Sûreté Spatiale. Il lut :

Ici bâtiment d'exploration Garan, *raider Mum Psam, fiche génétique 38780 C. Position sur Ezhache 782 par constellation 005. Répondez si vous m'entendez...*

Rod eut un rictus, manipula sa réponse avec dextérité et en utilisant le même code. Un code que nul ne connaissait à moins d'appartenir à la section d'action de Bun Sovu : *Ici Tom Rod à bord de l'*Ouragan *fiche génétique 33456 B. En mission de type ML.X10 sous autorité 0234. Position au 780. Donnez précisions* Garan! *Pourquoi restez-vous sur Ezhache sans donner de vos nouvelles?*

Le transmetteur affichait déjà la réponse :

Suis tributaire créneau champ de force négative! Mon mur magnétique de protection est sur le point d'être percé par un engin à macromolécules H! Intervenez rapidement mais faites attention aux...

Le transmetteur venait d'interrompre le message, sèchement, toutes branches de frappes stoppées au-dessus de sa bande d'impression. Le cadran témoin indiquait que l'échange n'avait duré que 32 secondes.

— Pourquoi a-t-il coupé? demanda Dinu.

Rod consulta le cadran cosmique. Le nuage atomique se dissipait rapidement. Très loin, au 614, le point vert figurant le *Balos II* négociait à peine une immense courbe de plongée. Encore plus loin, le point vert représentant l'autre croiseur, paraissait en perdition tant sa course était lente et sinueuse. Rod piqua à l'ouest d'Ezhache.

— Il n'a pas coupé, répondit-il. Il a utilisé jusqu'au bout le créneau du champ de force négative qui le retient prisonnier sur Ezhache... Ce créneau doit se présenter périodiquement, mais à une fréquence que nous ignorons, si bien que le prochain message du *Garan* est imprévisible... Capable de pointer la position du *Garan* sur la carte cosmique, Ret?

— Je vais essayer. Coordonnées?

— 782 par 005, rappela Rod.

Dinu tira la tablette télescopique, sélectionna la carte cosmique de la planète Ezhache. Le triangulateur effectua les opérations d'après les données fournies par Dinu en utilisant le nivellement trigonométrique. Les cartes au 400 000e défilèrent sur la tablette. Celle que le triangulateur venait de sélectionner portait le numéro 12423, représentait un carré de cinq kilomètres de côté où figuraient principalement un lac de surface modeste, les premiers contreforts d'une chaîne montagneuse, une plaine coupée par une rivière serpentante qui aboutissait à un autre lac, plus vaste que le premier et figurant sur les cartes 12424 et 12425. L'ensemble de la région était accidenté, comportait des pics dépassant 3 000 mètres. La plaine de la carte sélectionnée par le 782 × 005 constituait l'unique terrain potable d'atterrissage pour une spatiofusée telle que le *Garan*.

— Le *Garan* se trouve quelque part dans cette plaine, dit Ret Dinu. Qu'est-ce que l'engin à macromolécules H ?

Rod haussa les épaules.

— Probablement une torpille, ou une fusée, de type perforant-rongeant. Avant de songer à délivrer Psam, nous devrons détruire cet engin...

L'*Ouragan* pénétra dans l'atmosphère de

Ezhache. Sous la coque de l'appareil, le paysage se mit à défiler et Rod continua sa plongée. Plus il volerait près du sol et plus il aurait de chances d'échapper aux minuscopes lominates. Dans la base avancée expérimentale on devait être en état d'alerte à la suite d'un appel du *Balos II* ou de l'autre bâtiment. Rod ne se faisait pas d'illusions. Atteindre Ezhache était une chose. S'y poser et y circuler à bord de l'autoscooter en était une autre, que Ed Agor et Mum Psam ne semblaient d'ailleurs pas avoir eu le loisir de réaliser. Ils avaient dû être cloués au sol dès leur arrivée par le champ de force négative lominate.

Ret Dinu déboucla son harnais, regarda les cimes déchiquetées à travers le hublot de velax.

— Brrr! lâcha-t-il, cette planète ne m'inspire pas confiance! N'allons-nous pas subir le même sort que le *Garan* si nous nous posons?

— Bonne question, renvoya Rod. J'étais précisément en train de m'interroger sur la meilleure façon de tromper les détecteurs adverses... Je pense que nous avons intérêt à dissimuler l'*Ouragan* assez loin de la zone où se trouve le *Garan*.

— Comment allons-nous circuler ensuite?

— Autoscooter dans un premier temps. Compensateur de gravité lorsque nous jugerons être à proximité de la base lominate.

— En somme le plus difficile consistera à cacher l'*Ouragan,* estima mornement Dinu. Si une patrouille lominate le découvrait, nous serions condamnés à vivre sur Ezhache en hommes traqués!

Rod acquiesça.

— Ce sera le plus difficile, approuva-t-il. Les détecteurs ennemis ne peuvent manquer de localiser une telle masse, même au fond d'une épaisse forêt ou d'une crevasse... A quelle distance le plus grand des deux lacs?

— Par rapport au *Garan?*

— Evidemment.

Ret Dinu se pencha de nouveau sur la tablette.

— Six kilomètres, dit-il.

— Bien. Nous allons y plonger l'*Ouragan,* décida Rod. Ainsi les minuscopes ne pourront le détecter. Nous en sortirons normalement, par le sas latéral, et gagnerons le rivage dans l'autoscooter dont l'étanchéité est à toute épreuve.

Dinu ricana.

— Après quoi, il conviendra de dissimuler ce véhicule et notre problème restera entier!

Rod secoua la tête.

— Non. La disparition éventuelle de l'autoscooter sera moins dramatique que tu l'imagines. Au camp d'entraînement de Huklos, j'ai déjà pratiqué l'opération qui consiste à rejoindre à la nage une spatiofusée immergée. Grâce aux commandes manuelles, le sas peut se vider de son eau en une minute et l'aération intervient aussitôt après. N'importe quel plongeur un peu entraîné peut tenir sous l'eau pendant une minute trente.

La mine de Ret Dinu s'allongea.

— Je suis mécanicien-électronicien, pas le moins du monde plongeur... Hum! et, à ma grande honte, je dois t'avouer que je ne sais même pas nager!

Rod réprima un sourire.

— Je t'aiderai, nous nous arrangerons. Nous verrons cela en temps utile, mais nous n'en sommes pas encore là... Pour le moment il nous faut atteindre le lac sans incident.

Il consulta le cadran cosmique dans la gaine duquel il avait engagé la carte 12423. Le point rouge qui figurait l'*Ouragan* approchait rapidement du 782 par constellation 005. Ses appareils à infrarouge le téléguidaient au ras des arbres et des collines en le garantissant contre les risques de collisions. En vol à vue, Rod n'aurait pu distinguer les détails du relief à une telle allure.

Sur l'écran aucun point vert n'apparaissait. Un tempérament trop fortement optimiste aurait imaginé que les Lominates, et plus spécialement le *Balos II*, avaient abandonné les recherches. Rod savait qu'il n'en était rien.

Les téléradars devaient fouiller le ciel. Des hélicojets de combat prospectaient certainement les zones susceptibles d'abriter l'intrus... Soudain, Ret Dinu articula d'un ton songeur :

— Moi, je trouve curieux qu'on ait laissé passer le *Garan* pour l'emprisonner sous une cloche formée par un champ de force négative...

— Que veux-tu insinuer?

— Ben, jadis, les chasseurs des anciens continents attachaient au sol un oiseau de la même espèce que ceux qu'ils se proposaient d'abattre... Pourquoi les gens du général Spah n'auraient-ils pas adopté cette méthode pour attirer les spatiofusées de la Sûreté Spatiale?

Rod acquiesça.

— C'est possible. Tout comme il est

possible que le *Garan* ait offert une résistance inattendue.

— Avec un bâtiment comme le *Balos II*, les Lominates peuvent le détruire quand bon leur semblera, s'entêta Dinu. Ils ne l'ont pas encore fait mais n'ont pas hésité à nous envoyer des missiles dès que nous avons pénétré dans l'espace aérien de Whrane!

— J'ai attaqué le premier, rappela Rod, et ils n'ont fait que répliquer. Si nous avions essayé de les éviter, ils nous auraient peut-être laissé passer, quitte à nous faire subir le même sort que le *Garan* après notre atterrissage. Abandonne tes cogitations. Nous sommes presque au-dessus du lac!... Tiens! Où est-il?

— Sous la brume de camouflage dont parlait Rak Milak, fit Dinu d'un ton mal assuré. Regarde ça, capitaine! Cette brume orange est peut-être empoisonnée? N'est-ce pas contre elle que Psam tentait de nous mettre en garde au moment où il fut interrompu?

Rod braqua le minuscope en direction de la nappe de brume, la fouilla sans rien trouver qui satisfît sa curiosité. Aucun écho radio-électrique ne lui parvint et il ne discerna pas un seul spectre de chaleur humaine ou animale.

Tandis que l'*Ouragan* continuait sa course orbitale, Rod effectua quelques analyses, fit les mêmes relevés que ceux réalisés par Mum Psam lors de l'atterrissage du *Garan* plus d'un mois auparavant.

L'*Ouragan* était à vingt millions de biocromètres d'Orgo, c'est-à-dire presque à la limite du point de non-retour imposée par le carburant. A travers la galaxitrome, la brume se révéla riche en molécules-grammes bioxydes, en molécules-grammes visqueuses, omnicolores, tétratomiques, à texture monocyclique mais tétraptère.

— Cette brume est sûrement de camouflage, conclut Rod, mais elle n'a rien d'inquiétant en soi. Nous allons faire demi-tour et descendre plus bas lorsque les paramètres nous situeront à proximité du lac. Boucle ton harnais, on ne sait jamais!

La spatiofusée réduisit sa vitesse, vira longuement autour d'un plateau montagneux à demi noyé dans la brume, revint à vitesse subsonique... La brume donnait à Rod l'impression de n'être pas très épaisse. Par contre elle épousait parfaitement les contours du sol et, dans cette région de Ezhache, elle s'effilochait, se dissipait souvent au point de laisser voir le paysage jaune, la végétation violette surplombée des monts rocheux noirs en dents de scie.

Par contre, dans le secteur approximatif du lac, la brume était à couper au couteau, s'élevait, tout aussi compacte, jusqu'à la cime des arbres. Elle ne se déplaçait pas au passage de la spatiofusée. On eût dit une matière pâteuse. Rod éprouvait une sensation de malaise à l'idée que l'*Ouragan* allait la traverser pour se rapprocher du lac, bien que les renseignements analytiques encore inscrits sur la bande soient négatifs.

Attentif, Ret Dinu suivait la progression de l'appareil sur le cadran cosmique. D'une voix légèrement frémissante, qui dénotait sa tension nerveuse, il dit :

— Nous approchons! Le lac est au 420, juste derrière cette masse montagneuse...

Rod acquiesça, brancha les appareils anticollision à infrarouge, fit doucement perdre de l'altitude à la spatiofusée. Quand elle pénétra dans la brume, les écrans devinrent opaques, rien ne fut plus visible à travers les hublots de velax. Pendant quelques angoissantes secondes le bâtiment navigua en aveugle et, brusquement, une nappe liquide apparut sous sa coque, immobile, glacée, sans la moindre ride.

Rod coupa les propulseurs, actionna les rétromoteurs. Sous les puissants déplacements d'air, le lac se hérissa, des vagues frangées d'écume déferlèrent, l'eau bouillonna lorsque l'*Ouragan* s'enfonça en son sein et se referma sur lui en tourbillonnant. Raide, Ret Dinu déboucla son harnais de sécurité en regardant à travers les hublots. Ses traits exprimaient l'appréhension.

L'*Ouragan* bascula. Entraîné par le poids des propulseurs son arrière s'enfonçait plus vite. La flèche avant était encore en surface quand l'arrière toucha le fond. Le bâtiment descendit doucement, se stabilisa enfin en position horizontale.

— Cinq mètres, lâcha Rod avec une grimace, à un mètre près notre coupole supérieure émergeait... Equipons-nous, Ret! Si les téléradars ennemis ont suivi notre course, des patrouilles viendront sous peu inspecter les abords du lac. Nous avons intérêt à faire vite!

Ils changèrent de combinaison, de bottes, se munirent chacun d'un sac à dos contenant des rations de survie sous forme de dragées nutritives et réhydratantes.

— Et comme arme? questionna Ret.

— Fusil désintégrant, décida Rod. Viens, ils sont dans le magasin avec les compensateurs de gravité.

Ils s'armèrent, enfilèrent les compensateurs de gravité par-dessus les sacs à dos. Le générateur d'énergie des compensateurs s'adaptait au sac grâce à une cavité prévue à cet effet. Rod consulta sa montre.

— Sept heures... Le jour va bientôt se lever sur Ezhache. Pressons!

Ils passèrent dans le sas, prirent place dans l'autoscooter. C'était un véhicule à quatre places, absolument étanche, disposant d'un système autonome d'oxygénation. Il se déplaçait au sol, assez rapidement en dépit des chenilles souples qui l'équipaient, et pouvait escalader des pentes abruptes, circuler en immersion ou à travers des nappes de gaz mortel... L'ouverture et la fermeture du sas étaient télécommandés depuis son poste de pilotage. Rod s'y installa, Dinu à son côté, et actionna la télécommande.

L'eau s'engouffra dans le sas qu'elle noya complètement et l'autoscooter quitta le bâtiment, s'engagea sur le fond vaseux, projecteurs allumés. Le lac était mort, sans végétation d'aucune sorte, ni poisson, ni algue rouge.

— Je laisse le sas ouvert, expliqua Rod, cela facilitera notre retour au cas où les Lominates seraient à nos trousses. En forme, Ret?

Dinu fit la moue.

— Ça pourrait aller mieux, grommela-t-il. Je me demande déjà comment nous retrouverons l'*Ouragan* à coup sûr. Ce lac est vaste!

— Emetteur périodique. L'autoscooter possède un récepteur réglé sur l'émission permanente de l'*Ouragan*... En pilotage automatique, ce véhicule rentrera tout seul dans le sas. Satisfait?

— Heu! Que se passera-t-il si les Lominates découvrent l'autoscooter en notre absence?

— Dans nos sacs il y a aussi un récepteur, pré-réglé sur la fréquence de l'*Ouragan,* avec écouteurs et un cadran directionnel. Pilotage automatique en moins, nous retrouverons quand même notre spatiofusée. Encore des questions?

Dinu secoua négativement la tête. Il commençait à se persuader que les services techniques de la Sûreté Spatiale avaient réellement tout prévu, y compris l'imprévisible.

— Le terrain remonte, fit remarquer Rod, nous allons bientôt sortir de l'eau.

Le véhicule parcourut encore une dizaine de mètres, puis son pavillon transparent émergea dans un léger murmure de clapotis.

Entre la surface glauque et la brume il y avait une mince zone dégagée, mais obscure, que les projecteurs éclairèrent quand l'avant du véhicule amphibie émergea à son tour. Le rivage était rocheux, garni d'une maigre végétation rampante. Les chenilles mordirent la roche, entraînèrent l'autoscooter en direction d'un bouquet de résineux, sur une terre grasse où les courroies de transmission articulées laissèrent de profondes empreintes.

Rod stoppa le moteur, débloqua les panneaux d'admission, mit pied à terre en même temps que Ret Dinu. La température était très froide, humide, l'air semblait coller à la peau. Tout était silencieux et figé. La visibilité ne dépassait pas dix mètres.

— Nous voici à pied d'œuvre, dit Rod. Il ne nous reste qu'à trouver une cachette pour notre engin. Ensuite nous effacerons les traces des chenilles. Voyons vers ce bouquet d'arbres?

Ils cherchèrent longuement avant de découvrir une sorte de grotte au bas d'une falaise. Ils y conduisirent l'autoscooter, comblèrent et égalisèrent les traces de chenilles. Quand ils terminèrent, la montre lumineuse de Rod marquait 8 h 30. Théoriquement le jour devait s'être levé sur

Ezhache mais, sous l'épaisse couche de brume orange, on n'y voyait pas davantage qu'en pleine nuit. Rod examina la carte du secteur à la lumière d'une lampe irradiante.

— Pour rejoindre le *Garan*, dit-il, nous devons marcher vers le sud. Quelle distance as-tu déterminée dans l'*Ouragan?*

— Six kilomètres... Si le terrain n'est pas trop difficile, nous les parcourrons en une heure. Nom d'un chien! Cette obscurité me flanque le moral à zéro!

— Nous allons grimper, je suis comme toi... La montagne est à l'ouest. Pour retrouver le jour un crochet vaut la peine. Allons-y.

Ils se mirent en marche, attaquèrent bientôt une pente. A mesure qu'ils montaient, la brume s'éclaircissait, partait en lambeaux, laissait filtrer des rayons rouges et brûlants. Brusquement les deux hommes sortirent de la brume, émergèrent dans la clarté rouge et la forte chaleur dispensées par les deux soleils de la constellation de Whrane.

— Bon sang! s'exclama Ret Dinu, je préfère tout de même ça!

Yeux minces, Rod panoramiqua la montagne, les forêts. C'était le paysage décrit par les premiers explorateurs de cette planète, habitable, mais perdue aux confins galactiques, précédant les naines blanches; Broz, Dunz et Sepz, la trilogie maudite des planètes où les Lominates préparaient l'invasion de l'Empire, peut-être avec des armes bactériologiques.

Quelque part sur Ezhache, ou au-delà de son ciel de feu, des milliers de femmes orgonnes, naliatiennes, buruniennes, obicériennes et vatoriennes, étaient retenues prisonnières, au même titre que Soria, après avoir été enlevées au cours d'abordages sanglants contre les vaisseaux désarmés assurant les transports.

Le général Spah avait rallié à lui tous les assassins, les voleurs, les truands de l'Empire. Maintenant, ils devaient être des milliers, fourbissant leurs armes, constamment renseignés par des complices comme Rak Milak, ou des traîtres comme le commandant Nax. Tout ce monde encadré par les troupes bien entraînées de Spah, formées de militaires ambitieux, de techniciens, de savants, etc. On avait construit sur l'une des planètes — mais laquelle? — des maisons-bulles, des spatiodromes, des laboratoires, des usines d'armements, d'autres usines où l'on fabriquait des astronefs de guerre, mais le pillage des vaisseaux de ravitaillement le prouvait, on n'avait pas réussi à assurer l'approvisionnement complet de ceux qui, désormais, étaient membres de la nation lominate.

Rod sentit peser sur lui le regard de Ret Dinu. Il se secoua, tira de son sac une carte et une boussole.

— En route, dit-il, notre premier objectif reste le *Garan,* sauf si nous nous heurtons à des forces par trop supérieures. Nous marcherons aussi longtemps que cela sera possible afin d'économiser le générateur d'énergie de nos compensateurs de gravité.

Ils partirent d'un bon pas au flanc de la montagne, sous la chaleur accablante des deux soleils de Whrane, dans l'intense clarté rouge à laquelle les yeux s'accoutumaient malaisément, tant et si bien qu'ils durent très vite les protéger derrière des verres filtrants. A cinquante mètres au-dessus de la nappe de brume orange, ils avaient l'impression d'évoluer en altitude tant la brume avait la consistance d'une mer de nuages.

Au bout de quarante minutes ils atteignirent une vaste plate-forme. Elle figurait sur la carte du secteur 12423 et se situait non loin de la plaine où le *Garan* stationnait depuis plus d'un mois.

— Ecoute! lâcha Ret Dinu.

Rod tendit l'oreille, perçut un staccato étouffé. On eût dit un roulement de tambour incessant. Cela venait d'en bas, de dessous la brume qui, en cet endroit, paraissait plus épaisse que partout ailleurs.

— Qu'est-ce que c'est? s'enquit Dinu en serrant la crosse de son fusil désintégrant.

— Je ne sais pas... Psam a dit que son mur magnétique de protection risquait d'être percé par un engin à macromolécules H... C'est une chose que je ne conçois pas. Néanmoins ce bruit peut être produit par les interactions entre le champ magnétique et les macromolécules H. Pour en savoir plus, le plus simple consiste à nous rendre sur place. Un doigt sur le poussoir du fusil, l'autre sur la manette du compensateur de gravité.

Ret Dinu acquiesça sans grand enthousiasme, suivit Rod qui dévalait la pente. Ils replongèrent dans la brume poisseuse. Visibilité quatre à cinq mètres. Propagation plus intense du roulement de tambour... Au bas de la pente ils foulèrent l'herbe grasse de la plaine, progressèrent plus facilement, cette fois sans lunettes, ce qui les amena à constater que la brume était maintenant sillonnée de spectres jaunes, ondulants, un peu semblables à des éclairs d'orages, mais très minces et plus persistants.

Au bout d'un instant, tous les objets en rexylium qu'ils portaient, fusil, générateur, compensateur de gravité, boucle de ceinturon, monture du sac à dos; furent parcourus de fulgurations électriques crépitantes et, quelque part dans la brume, une espèce de sifflement naquit, aigu, menaçant par l'augmentation brutale de son intensité. Quelque chose fondait sur Rod et Ret Dinu. Quelque chose d'effilé, lancé à grande vitesse et venant d'assez loin.

— A terre! aboya Rod.

Ils se jetèrent à plat ventre et la chose passa au-dessus d'eux en ronflant. C'était une torpille, ou une fusée, équipée d'un bec rayonnant qui émettait une langue de feu pourpre bordée d'or. Certainement à tête chercheuse, elle reviendrait à l'attaque avant peu. Ret Dinu fit mine de se dresser. Rod l'expédia au sol d'une bourrade.

— Reste allongé et prépare-toi à désintégrer cet engin au passage! hurla-t-il.

— Nous allons mourir ici! renvoya Dinu en se mettant sur le dos, fusil braqué. Les Lominates disposent d'armes supérieures aux nôtres! C'est quoi, ce truc?

— Probablement une fusée à macromolécules H, H pour hydrogène, lui apprit Rod en écoutant virer le terrifiant engin. Autant dire que, si son jet de flammes peut percer un mur magnétique, nous serons instantanément transformés en fumée s'il nous touche! Attention! La fusée revient!

Le sifflement augmenta une nouvelle fois d'intensité, le jet de flammes creva la brume, au ras du sol, venant droit sur les deux hommes.

— Feu! intima Rod.

Les désintégrants crachèrent. Il y eut deux traits verdâtres. Atteinte de plein fouet, la fusée flamba, devint lumière et chaleur, ses macromolécules H brûlèrent en éclatant et la brume se referma sur le vide.

Les fulgurations électriques avaient cessé. On ne percevait plus que le roulement de tambour. Lancinant. Et, dans la brume, d'autres menaces planaient. Rod entraîna son équipier en avant, découvrit un fossé au bas d'une petite éminence herbeuse. Ils s'y jetèrent à l'instant même où un second sifflement éclatait, sur la droite, alors que la première fusée était venue d'en face. Ils distinguèrent le jet de feu, assez loin d'eux. Cette fois la fusée donnait l'impression de planer, de chercher son objectif avec d'invraisemblables tâtonnements, des reculs encore plus étonnants.

— Mauvais pour nous, chuchota Rod, cet engin est équipé d'un cerveau électronique... C'est comme si nous avions affaire à un chien de chasse capable de nous carboniser. Espérons qu'une meute ne viendra pas à la rescousse.

Ils pointèrent leurs fusils, yeux au ras du sol, surveillèrent la fusée manifestement hésitante. A cause du fossé, les ondes humaines ne lui parvenaient pas avec suffisamment de force pour déclencher son sélecteur. Mais elle se balançait, effectuait de brusques embardées qui dénotaient son extrême sensibilité, reprenait sa place à mi-hauteur, flamme toujours dirigée vers Rod et Ret Dinu.

— Il faudrait la détruire, murmura Dinu dont les dents grinçaient d'énervement. Elle est loin...

— Nous pouvons essayer. Mais si nous la ratons, elle ne nous manquera pas...

Rod prit appui sur le bord du fossé, pressa le poussoir de son arme. Le rayon jaillit, frappa la fusée en son centre. Il y eut une flamme très vive quand la désintégration se produisit, puis ce fut de nouveau la brume.

— Eloignons-nous, décida Rod ; ce coin de plaine est un piège où nous finirons par laisser notre peau sans combattre vraiment ! Compensateur !

Ils branchèrent les générateurs, décollèrent à vive allure, crevèrent la couche de brume...

***

Psam venait de repousser la quatrième attaque de ce qu'il nommait les « macromofusées H ». Un instant, lorsque la première fusée avait réussi à franchir la défense du mur magnétique, il s'était cru perdu. Puis, après l'avoir détruite au canon thermique, après avoir constaté que le mur s'était spontanément reformé derrière elle, il avait compris que les Lominates auraient encore fort à faire avant de pouvoir s'en prendre directement au *Garan*.

Devant et autour de lui, la brume était toujours présente et compacte. Grâce à son écran de combat, sur lequel les fusées se matérialisaient en points lumineux, il savait en permanence quel était l'engin à surveiller en priorité. Car, même lorsqu'ils attaquaient ensemble le mur magnétique, et partant du fait que leur pouvoir perforant n'était pas identique, l'un d'eux parvenait à pratiquer une trouée avant les autres. Cette insuffisance de pénétration permettait à Psam de faire face avec un seul canon.

L'espoir était en lui mais il formait des vœux pour que le mur magnétique ne laisse pas, à la même seconde, passer deux macromofusées, l'une au nord et l'autre au sud...

Brusquement, en plein centre de l'écran, Psam vit deux hommes jaillir de la brume. Poussés par leur compensateur de gravité, ils fonçaient vers la montagne, revêtus de la combinaison cosmique de la Sûreté Spatiale, fusil désintégrant en main. Psam poussa l'agrandisseur, eut un gros plan sur le visage du capitaine Tom Rod. Il ne connaissait pas l'autre raider, ignorait comment les deux nautes étaient arrivés sur Ezhache, mais il fut aussitôt convaincu qu'ils couraient plus de dangers que lui-même.

Sur la montagne, au 610, un groupe d'hommes portant la combinaison lominate, aux armes du général Spah, se dirigeait vers Rod et son compagnon.

La rage au cœur, Psam chercha vainement un moyen de prévenir les deux hommes... Isolé sous le mur magnétique, enfermé par la cloche d'énergie négative, il ne pouvait qu'assister en spectateur impuissant à la tragédie qui se préparait.

***

Rod et Ret Dinu se posèrent sur la plateforme où ils avaient fait halte peu de temps auparavant. On ne les poursuivait pas, rien n'avait bougé, sauf la brume qui s'était déchirée et laissait maintenant apercevoir le *Garan*... Le bâtiment n'était qu'à deux cents mètres.

En dépit de la distance, les deux hommes voyaient les fusées qui s'acharnaient à percer le mur magnétique, invisible de même que le champ de force négative, mais dont la disposition des fusées schématisait dans l'espace la forme en cloche.

— Un piège! maugréa Rod, un appât que les Lominates nous montrent pour nous retenir ici! Filons!

Ils s'élancèrent au pas gymnastique, surveillant leurs arrières. Brusquement, le canon thermique du *Garan* lâcha un trait de feu, puis un autre moins long... Rod stoppa, conscient que, les ayant sans doute aperçus, on cherchait à exciter leur curiosité depuis le bâtiment.

Ret Dinu écarquilla les yeux et demanda :

— Sur quoi tire-t-il?

Rod le fit taire d'un geste, observa le rapide clignotement d'un projecteur de coupole, identifia les signaux codés utilisés par les aéronefs en détresse.

Psam venait enfin de trouver le moyen de prévenir Rod et son raider du danger qui les menaçait.

Rod déchiffra :

Attention! Attention! Une patrouille ennemie est en train de prendre position au flanc de la pente que vous allez gravir... Ne vous inquiétez pas pour moi, je peux encore tenir... Méfiez-vous de la brume, elle dissimule probablement un camp lominate basé sur Ezhache... Attention aux fusées!... Levez le bras si bien reçu, capitaine Rod...

Rod leva le bras. Psam envoya :

Terminé, bonne chance!

Le projecteur s'éteignit et Rod leva les yeux sur la pente qui les dominait en disant du coin des lèvres :

— Le *Garan* vient de m'informer qu'une patrouille lominate nous attend plus haut. Reste naturel. Nous allons contourner le piton et prendre la patrouille à revers...

CHAPITRE VI

De l'autre côté du piton, ils furent hors de vue du *Garan* et d'un éventuel poste d'observation installé sous la brume. Là, ils évoluaient à nouveau sous les rayons brûlants des deux soleils de Whrane, dans la clarté rouge de Ezhache. Ils avaient remis leurs lunettes, progressaient prudemment car ignorant la position exacte de la patrouille lominate embusquée entre les rochers noirs.

Ils grimpèrent silencieusement, atteignirent le sommet au prix de durs efforts, se jetèrent à terre.

Les soldats lominates étaient là, à moins de cinquante mètres, effectivement abrités derrière des blocs rocheux, armes braquées sur la pente que Rod et Dinu avaient quittée depuis l'avertissement codé du *Garan*.

Rod compta six hommes, un sergent,

tous équipés de fulgurants, donc décidés à tuer.

— Tous, dit-il, sauf le sergent. Tu prends les deux hommes de gauche, je m'occupe des autres. Attention à mon commandement... Feu!

Dinu tira. Touché entre les omoplates, le soldat s'irradia, parut s'amenuiser tandis que la désintégration faisait son œuvre, puis, d'un coup, il fut gommé de la surface du sommet, tout cela sans bruit, sournoisement, sans que ses compagnons en fussent témoins car il se tenait légèrement en retrait.

Simultanément, Rod balayait le groupe des quatre lominates, tous allongés à l'abri de la même roche. Ils furent désintégrés avant d'esquisser un geste. A la même seconde Dinu liquidait le dernier soldat, mais le sergent se retourna promptement, abandonna toute idée de résistance en découvrant les deux fusils braqués sur lui.

— Lâche ton arme! aboya Rod.

Blême, le sergent laissa tomber son fulgurant, leva les mains qu'il croisa derrière sa nuque. Soldat de métier il savait se comporter intelligemment devant un adversaire en position de force. Dinu et Rod s'approchèrent, Rod fouilla l'homme et lui confisqua un pistolet paralysant, qu'il portait dans un baudrier de hanche, ainsi qu'un petit poste émetteur-récepteur à antenne incorporée.

— Qui es-tu, sergent? demanda-t-il.

— Jon Lork, sous-officier à la sixième compagnie aéroportée, se présenta brièvement l'homme.

— Je suis le capitaine Rod, agent de la Sûreté Spatiale en mission pour le commandant Bun Sovu. J'ai ordre de libérer l'équipage du *Garan,* d'obtenir des renseignements sur l'implantation lominate au cœur de la constellation de Whrane, de rapporter des informations au sujet d'une mystérieuse arme nouvelle... Je suis également autorisé à libérer la fiancée de mon raider. Es-tu prêt à mourir pour le général Spah?

Jon Lork se raidit. Rod venait de lui planter le canon du désintégrant dans le ventre.

— Je n'y tiens pas essentiellement, répondit-il la sueur au front.

— Alors tu vas répondre à mes questions. Je n'ai pas de temps à perdre, sergent. Si tu ne parles pas, je trouverai quelqu'un de plus coopératif et cela reviendra au même, à cette différence près que tu seras mort. Où est située la base expérimentale lominate sur Ezhache?

Jon Lork n'eut pas d'hésitation. Il fallait se taire et mourir ou parler et vivre. Il avait choisi la seconde solution.

— En bas, en bordure de la plaine et de la forêt, sous la couche de plamium artificiel, la brume si vous préférez...

— Combien d'hommes dans cette base?

— Deux cents militaires, vingt savants, dix femmes chargées de la cuisine et de l'entretien des locaux.

Dinu intervint :

— Soria Vul est-elle parmi ces femmes?

Le sergent acquiesça, détourna les yeux.

— Oui.

Dinu avança le menton, menaçant.

— Pourquoi cette restriction? Soria serait-elle affectée à une besogne particulière?

Une goutte de sueur, qui n'était pas le résultat de la température, roula sur la joue du sergent. Il planta son regard dans celui de Ret Dinu et répondit :

— Le commandant Kerk en a fait son ordonnance, dit-il avec gêne. C'était cela ou la mutilation...

Les poings de Dinu se crispèrent mais il ne fit pas de commentaire. L'expression de Jon Lork exprimait ce qu'il ne disait pas, à savoir que le commandant Kerk avait choisi la captive pour partager sa couche. Rod dit :

— Nous réglerons le sort de Kerk quand nous délivrerons Soria et ses malheureuses compagnes. Tu portes un émetteur-récepteur, sergent. Devais-tu tenir la base au courant de tes recherches?

Jon Lork battit des paupières. Il avait compté sur son silence radio pour signifier aux siens que quelque chose n'allait pas. Mais le capitaine Rod l'avait percé à jour très vite. Jon Lork sut qu'il ne parviendrait pas à le tromper facilement. Il dit :

— Je dois tenir la base au courant... Dans mon dernier message j'ai annoncé que mes hommes et moi venions de vous repérer.

Rod eut un rictus.

— Prends ton poste et annonce que nous sommes morts... Pas de témérité, n'est-ce pas! Au moindre mot suspect je t'abats. Exécution.

Jon Lork humidifia ses lèvres sèches, s'empara de son poste et commuta en émission.

— Ici patrouille numéro 2, dit-il dans le microphone. J'appelle le dispatching de la base Mauve.

Une voix cassante renvoya :

— Je vous entends, sergent. Parlez.

— Mission remplie, articula Lork sans

lâcher des yeux le désintégrant que Rod braquait sur lui. Les nautes ont été tués sur la cote 925. Instructions?

— Rentrez immédiatement, vous allez participer à une opération contre le *Garan*. Terminé.

Le sergent coupa. Rod prit le poste et le glissa dans son sac.

— Eh bien! dit-il, nous allons rentrer puisque ton dispatching l'ordonne! Passe devant, sergent.

Jon Lork secoua la tête.

— Vous n'y arriverez pas, capitaine, prévint-il calmement. Pour être admis dans la base il faut être muni d'une plaque irradiante comme celle-ci...

Il fit glisser la fermeture magnétique de sa combinaison, montra une plaque de rexylium en forme de médaille.

— Elle est spécialement traitée pour diffuser un train d'ondes sur une fréquence déterminée. Présentez-vous sans cette plaque à l'entrée de la base et vous serez désintégrés... Hum! Moi aussi par la même occasion!

— C'est pourquoi tu nous mets en garde, conclut Ret Dinu.

— Exactement, admit le sergent. Si j'avais une chance de m'en sortir vivant je me serais tu... N'empêche que vous êtes confrontés à un problème insoluble.

Il eut un mince sourire, ajouta :

— Mon intérêt consiste à vous aider, je le comprends aisément. Vous me liquiderez dès que vous n'aurez plus besoin de moi. C'est cela?

Rod resta de glace.

— Tu raisonnes intelligemment, sergent, mais avec un peu trop de cynisme. Je suis un soldat, pas un assassin. Tu seras traité selon tes mérites, peut-être gracié par notre tribunal militaire si ton comportement prouve que tu n'es pas une crapule lominate... En somme tu es le maître de ton destin, Jon Lork. Fais ton bilan et agis en conséquence... Si tu as participé à des actes de piraterie, si tu as tué des voyageurs, si tu as enlevé et violé leurs femmes, le tribunal militaire l'apprendra après enquête et tu seras condamné à la peine capitale.

Il montra le ravin et reprit :

— Coupable de cela, et à ta place, je me jetterais tout de suite dans le vide. Dans le cas contraire, je collaborerais avec ceux dont je serais le prisonnier. J'ai parlé avec sincérité, sergent. Fais-en autant et nous parviendrons à nous entendre malgré tout ce qui nous sépare actuellement. Alors?

Jon Lork changea d'expression, son sourire s'effaça.

— Je n'ai jamais reçu l'ordre de piller ni d'enlever des femmes. Je n'ai pas violé; ni tué de voyageurs. Ces actes sont le fait d'éléments incontrôlés, d'individus sans foi ni loi dont, malheureusement, le général Spah a cru nécessaire de s'entourer... Dans toutes les guerres subversives, dans toutes les armées, et de tout temps, se sont glissées des brebis galeuses, capitaine. Chez nous beaucoup d'hommes n'ont rien à se reprocher... Jadis, il y avait la gauche et la droite au cœur du Grand Conseil. Vous vous êtes emparés du pouvoir, réduisant peu à peu l'opposition que nous formions à sa plus simple expression, traquant impitoyablement les partisans de la « gauche » nouvelle à laquelle j'appartiens. Nul ne peut s'arroger le droit de régner sur notre galaxie. C'est ce que fait...

— Un instant! l'interrompit Rod. Ne m'oblige pas à engager une polémique sur ce sujet. Je suis un soldat et, en tant que tel, j'obéis aux ordres émanants de ceux que les six planètes de la 612e galaxie ont portés au pouvoir à la suite d'élections libres...

— Elles n'étaient pas régulières! cracha Jon Lork. C'est contre cela que nous nous élevons! Vous partagez entre vous les trois quarts du gâteau et laissez les miettes à la masse! Organisez des élections vraiment libres et vous sauterez, tandis qu'un authentique gouvernement populaire prendra votre place!

Rod soupira.

— Organise tout ce que tu veux. Si un autre gouvernement vient un jour au pouvoir, je le servirai avec la même fidélité que je sers celui-ci. Mais, en attendant, et les choses étant ce qu'elles sont, donne-toi la peine de répondre à ma question. Au cas où tu l'aurais oublié, je te rappelle que nous parlions d'une possible collaboration de ta part...

Jon Lork se calma brusquement.

— Je ne collaborerai pas avec vous, dit-il d'un ton sans réplique. Si vous pénétrez dans la base, ce sera pour tuer mes camarades. Ma vie ne vaut décidément pas celle de deux cents hommes! D'ailleurs je ne vais pas vous laisser le choix!

Il se rua soudain vers le ravin.

Rod, qui s'attendait depuis peu à une réaction de ce genre, le plaqua aux jambes. Ils roulèrent à terre.

— Ne tire pas! cria Rod en voyant Ret

Dinu lever son arme, il nous faut sa plaque et son uniforme!

— Plutôt mourir! riposta le sergent en se battant furieusement.

Pour toute réponse, Rod l'assomma d'un coup de poing à la pointe du menton. Foudroyé, le sergent s'étendit de tout son long, bras en croix et paupières closes.

— L'animal! gronda Rod en se dressant. Si nous n'avions malencontreusement abordé la politique, je crois qu'il aurait marché avec nous! Aide-moi à le déshabiller, je vais échanger ma combinaison contre la sienne, prendre sa plaque irradiante afin d'entrer dans la base.

— Et moi? s'inquiéta Dinu.

— Tu attendras dehors en espérant que je parviendrais à t'ouvrir après avoir coupé le système de sécurité...

— Bien. Qu'allons-nous faire de ce type?

— L'entraver à l'aide de liens magnétiques, le bâillonner et le mettre à l'ombre d'un rocher, loin du ravin pour qu'il ne se suicide pas... Plus tard, si nous sommes en mesure de le faire, nous l'emmènerons sur Obicera où il sera jugé.

Il ajusta la combinaison de Jon Lork, chaussa ses bottes. Pendant qu'il se préparait, Ret Dinu revêtait le sergent de la combinaison des nautes, le ligotait et le bâillonnait. Le sergent battit des paupières. Il était solide, reprit rapidement ses esprits, se mit à ruer en comprenant ce qui se passait. Rod et Dinu le traînèrent dans un creux de roche.

— Reste tranquille, conseilla Rod, et il ne t'arrivera rien de fâcheux... si nous survivons. Ainsi tu es en paix avec ta conscience... Peut-être à bientôt, Jon Lork !

Ils s'éloignèrent, quittèrent le sommet et attaquèrent l'abrupte descente. Tout en se hâtant, Rod pensait qu'il n'avait qu'une vague idée de l'emplacement de la base expérimentale lominate. S'il tardait trop à la trouver, le dispatching estimerait anormal le retard de la patrouille commandée par Jon Lork et l'alerte serait donnée...

En cette conjoncture chaque minute valait son pesant d'or.

***

Après la traversée du plamium, cette étrange substance imitant à s'y méprendre une épaisse brume, ils atteignirent la corne de la forêt, s'enfoncèrent prudemment entre les troncs énormes.

— La base doit être camouflée, estima

Rod, sinon des bâtiments d'exploration comme le *Garan* l'auraient localisée depuis longtemps.

Ret Dinu secoua la tête, l'œil fixé sur sa montre. Il avait l'impression que ses veines charriaient un sang épais comme de la glu. Il sentait le danger partout, croyait voir des ombres se déplacer secrètement entre les arbres, était persuadé qu'il finirait par s'encadrer dans le collimateur d'un fulgurant, d'un thermique ou d'un désintégrant.

— Nous avons encore du temps devant nous, le rassura Rod. En fait il ne se passera rien tant que le dispatching ne tentera pas d'entrer en communication avec Jon Lork par le truchement de ce poste... Ouvre l'œil.

Dinu l'ouvrit tellement qu'il fut le premier à remarquer une bizarre éminence. Elle était couverte de buissons et d'herbe, mais sa forme carrée retenait l'attention.

— Un fortin avancé, fit Rod. Je suis sûr qu'il est équipé de téléradars et de micros... Passons au large et regagnons l'orée de la forêt.

Ils contournèrent la construction, revinrent sur leurs pas par un autre itinéraire et, cette fois, tombèrent sur l'entrée de la Base Mauve. Elle faisait face à la plaine où le *Garan* était immobilisé, baignait naturellement dans le plamium. Afin d'avoir une bonne visibilité sur la montagne et sur l'espace aérien de Ezhache, les Lominates avaient installé des périscopes de forte section. De loin on devait les confondre avec les troncs d'arbres.

Rod et Dinu se dissimulèrent.

— Je vais me présenter à l'entrée de la base, murmura Rod. Tu attendras ici, disons pendant une dizaine de minutes... Si je ne suis pas de retour au bout de ce laps de temps, où si la porte ne s'ouvre pas, ce sera à toi de prendre l'initiative.

Dinu se frotta vigoureusement le menton.

— L'initiative, capitaine? Faudra-t-il que j'attaque la base tout seul?...

Rod eut un signe négatif.

— Tu rejoindras l'*Ouragan* et tu te débrouilleras pour rentrer à Orgo, ou Obicera, de manière à pouvoir renseigner la Sûreté Spatiale.

— Et toi?

— Si rien ne se passe d'ici dix minutes, cela voudra dire que je suis mort ou prisonnier, Ret. La seconde éventualité ne sera guère meilleure que la première, tu ne devras pas t'inquiéter pour moi. Mais, en renseignant Bun Sovu, tu garderas une chance de sauver Soria. J'y vais.

Dinu acquiesça, le suivit des yeux tandis qu'il sortait du sous-bois.

Rod adopta une allure dégagée, au cas où un téléradar serait braqué sur le chemin d'accès. A sa ceinture il portait le pistolet paralysant de Jon Lork. En bandoulière il avait son propre fusil désintégrant. Si on l'attaquait il serait capable de vendre chèrement sa peau.

Quand il s'approcha du panneau d'admission, la plaque de rexylium qu'il portait au cou se mit à grésiller faiblement. Quelques secondes plus tard, une partie du panneau coulissa. Rod franchit le seuil de la base avec une apparente décontraction, se trouva dans une petite salle bien éclairée. Contre une cloison, un râtelier contenait une cinquantaine de fusils. La cloison d'en face était équipée de patères où pendaient des uniformes lominates.

Sur sa droite, dans une cabine, Rod avisa le système électronique d'ouverture. Couplé avec deux canons désintégrants et un téléradar d'identification, il déclenchait automatiquement le tir quand l'arrivant ne répondait pas — grâce au train d'ondes répercuté par sa plaque — à son appel. En conséquence cette partie de la base n'était pas spécialement fréquentée. En somme, elle faisait office de vestibule, de vestiaire, et on y passait simplement pour entrer et sortir.

Rod se glissa dans la cabine, coupa le système de déclenchement du tir, actionna à la main le clavier électronique. Le panneau coulissa de nouveau. Rod alla s'y poster, pompa l'air à l'adresse de Ret Dinu pour lui signifier que la voie était libre et qu'il devait se hâter. Dinu jaillit de la forêt, courut à toute allure, tête rentrée dans les épaules et pas plus rassuré que cela sur ses chances de survie. Rod le laissa entrer et retourna à la cabine où il remit en fonctionnement le combiné d'ouverture.

Le panneau se referma derrière Dinu avec un bruit sec. Yeux écarquillés il demanda à voix basse :

— Et maintenant, qu'allons-nous faire?

Rod examina le couloir permettant sans doute d'accéder au cœur de la base, prit en main son fusil désintégrant et répondit sur le même ton.

— Nous allons tout d'abord essayer de mettre hors d'usage le diffuseur de la force négative qui retient le *Garan* au sol. Après quoi nous trouverons bien le moyen de dire au *Garan* que nous sommes dans la base et que son aide serait la bienvenue...

Il se dirigea vers le couloir, Ret Dinu

sur ses talons, prêt à désintégrer qui se mettrait en travers de son chemin.

***

A bord du *Garan* Psam continuait sa lutte sans fin contre les macromofusées H. Suite à son message codé, il avait vu Rod et son raider contourner le piton. Depuis aucune silhouette ne s'était inscrite sur l'écran. Psam ne savait si l'engagement avait tourné à leur avantage, s'ils avaient été tués ou s'ils étaient en fuite...

Il avait supporté courageusement la solitude. Maintenant que deux nautes se trouvaient sur Ezhache, l'impatience le faisait vibrer de la tête aux pieds. Il redoutait la percée d'une macromofusée, la destruction de la spatiofusée, sa propre fin juste à l'instant où les siens s'efforçaient de le tirer de sa fâcheuse position... Psam grimaça. Les « siens » n'étaient que deux! Ils avaient suivi le même chemin que le *Garan* et peut-être que leur bâtiment se trouvait déjà fixé au sol par un champ de force négative!

Psam avala une dragée calmante dans l'espoir de se décontracter, regarda les trois macromofusées qui s'acharnaient sur le mur magnétique de protection. Psam n'avait pas fait le compte des engins qu'il avait désintégrés au canon, pas plus qu'il n'avait compté les heures de sommeil dont il avait bénéficié au cours des quatre dernières semaines... Il avait dormi par bribes, presque d'un œil, s'éveillant instinctivement chaque fois que le *Garan* était menacé. Mais sa résistance avait des limites. Un jour viendrait où il ne s'éveillerait pas à temps. Alors ce serait la destruction du vaisseau, la dernière gerbe d'étincelles, la carbonisation instantanée...

Les écouteurs du *Garan* répercutèrent brusquement une série d'explosions. Psam se dressa. Depuis qu'il était bloqué là, c'était la première fois que les écouteurs enregistraient un autre son que le tambourinement lancinant des macromofusées contre le mur magnétique. Psam fit faire un tour d'horizon à son minuscope, primitivement braqué en direction du nord. Depuis que la brume environnait le bâtiment, Psam n'avait pas eu l'occasion de l'utiliser, sauf lorsque la brume s'était déchirée, quelques instants auparavant, entre lui et la montagne.

Au sud, dans l'axe du 250 cosmique, Psam distingua une vague lueur pourpre à travers la brume. Faute de point de repère, le minuscope ne pouvait donner aucune indication de distance. Petite, peu conséquente, la lueur devait se trouver à proximité. Enorme, résultant par exemple de l'explosion d'un gros astronef de transport, elle pouvait être à des kilomètres...

Psam observa l'écran de combat et n'en crut pas ses yeux : toutes les macromofusées étaient inertes, restant engagées dans le mur magnétique comme des clous dans une planche! Puis le communicateur astral clignota. Psam bondit, commuta brutalement et hurla :

— Ici le *Garan!* Qui êtes-vous?

Friture intense, cris, vacarme, puis :

— Capitaine Rod... Veuillez immédiatement vérifier si votre bâtiment est dégagé du champ d'énergie négative. J'attends.

— Bien reçu, j'exécute! renvoya Psam.

Parce que les ondes radio passaient cela ne signifiait pas la disparition complète de l'énergie négative. D'autant que la communication avait lieu sur Ezhache, d'une distance relativement courte. Les ondes pouvaient se propager au ras du sol, filtrer à travers une mince faille du champ négatif... Psam lança les propulseurs, fit un bref essai de décollage. Le *Garan* se souleva d'une dizaine de mètres, pivota, se dégagea de sa gangue de brume qui, depuis peu, donnait d'ailleurs l'impression de se désagréger.

— Je ne suis plus bloqué! s'enflamma Psam, le *Garan* évolue librement! Comment est-ce possible?

— Nous avons pénétré par ruse dans la base lominate, lui révéla calmement Rod. Nous venons de faire sauter les installations à notre portée sans pour autant en connaître les effets...

Psam entendit un fracas, des éclatements métalliques. Quelqu'un poussa un hurlement, trois sourdes détonations retentirent. D'une voix un peu haletante, Rod reprit :

— A présent nous avons besoin de votre aide. Nous sommes isolés au fond de la base... Je ne sais pas comment vous pourriez intervenir?

— Votre position?

— Au 250, à environ deux minutes du point que vous occupez... Mais pourquoi Agor reste-t-il muet?

— Le superaid a été désintégré dès notre arrivée par une arme mystérieuse, laissa tomber Psam. Je suis seul à bord du *Garan* depuis cette date...

Le communicateur astral répercuta une succession rapide de craquements brefs. La bataille faisait manifestement rage au fond de la base. Les rayons fulgurants, thermiques, désintégrants, faisaient se dissoudre les parois de bétaciers, les murs de béton-rexylium.

Psam poussa les propulseurs. Le *Garan* s'éleva en flèche, passa au-dessus de la nappe de brume, émergea dans la lumière rouge de Ezhache. Psam eut la sensation de renaître. Il demanda :

— La base est-elle dans la forêt?

— A la limite de la plaine et de la forêt, précisa Rod. Vous pouvez créer une diversion en attaquant au canon les fortins de soutien... Enfin, *tu* peux attaquer, Psam... Mais il te faudra d'abord détruire la végétation pour y voir clair. Les Lominates viennent de perdre quatre-vingts pour cent de leur puissance de feu en même temps que la disparition des installations de contrôles des fusées, des diffuseurs d'énergie négative... Nous pensons aussi qu'ils ne disposent plus d'émetteurs capables d'alerter leur quartier général.

Psam fit piquer le *Garan* au 250, directement sur les lueurs d'incendie et les dégagements de fumée. Il balaya plusieurs dizaines d'arbres au désintégrant, distingua la forme rectangulaire de la base, une cinquantaine de périscopes peints en brun afin d'imiter les troncs. De place en place, et entourant la base proprement dite, il y avait des fortins carrés, certainement de détection...

— Je suis opérationnel! annonça Psam, exactement au-dessus de vous... Répondez...

Le haut-parleur du communicateur astral resta muet. Psam jeta un coup d'œil machinal sur l'écran et ses mains se crispèrent sur les commandes de la spatiofusée. Arrivant à la vitesse de la foudre, deux space-chasses de combat fondaient sur lui.

Psam laissa partir le *Garan* vers le ciel. Pour l'instant il devait faire front, engager la bataille contre les bâtiments du général Spah, probablement prévenus par un ultime message en provenance de la base.

***

Rod entendit Psam dire qu'il était opérationnel et, brusquement, le poste émetteur-récepteur cessa de fonctionner. Si une décharge de fulgurant ne venait pas de mettre hors d'usage les installations encore intactes, les soldats lominates avaient coupé volontairement la génératrice alimentant la salle où Rod et Ret Dinu s'étaient retranchés.

Ils se trouvaient littéralement le dos au mur, dans les décombres des diffuseurs électroniques, des ordinateurs, des computeurs démantelés. Il y avait des poutrelles tordues, des blocs de bétonrexylium littéralement émiettés. De l'eau s'échappait d'une canalisation rompue et la voûte de l'abri souterrain se lézardait.

En face des nautes, les soldats lominates étaient nombreux en dépit des pertes. Embusqués dans les galeries adjacentes, ils tiraient sans arrêt et, un sourd roulement paraissait annoncer l'arrivée d'une redoutable arme lourde, probablement un canon tracté.

Abrités par un mur isolant de plombex, les nautes ne disposaient d'aucune échappatoire possible.

— Si le *Garan* ne vient pas à la rescousse, nous ne tiendrons pas longtemps, prédit Rod.

Dinu essuya son front couvert de sueur et de poussière. Sous le feu, il se révélait courageux, infiniment plus qu'il ne l'avait cru. Loin de l'abattre, les épreuves lui donnaient des ressources inépuisables et, en cette circonstance dramatique, il se montrait l'égal de Rod. Il répondit :

— Advienne que pourra, capitaine, mais ce serait dommage que nous périssions dans ce trou alors que nous touchions au but...

Bon sang! Quand je pense que Soria est ici et qu'elle ignore ma présence!...

Plusieurs jets thermiques frappèrent le mur de plombex. Des jaillissements de flammes obligèrent les deux hommes à s'abriter. Sans le plombex, isolant destiné à protéger les fragiles pièces des diffuseurs électroniques, Rod et son équipier n'auraient pu résister à l'attaque des soldats lominates. Néanmoins, chaque atteinte fulgurante entamait un peu plus le plombex. Un moment viendrait où l'isolant craquerait, se fendrait comme une coque avant de tomber en miettes.

Encore loin, mais de plus en plus audible, le roulement précédait l'arrivée du canon tracté qui trancherait inévitablement le débat. Rod risqua un œil vers les galeries éclairées par des lampes de secours, observa ensuite le plafond où la lézarde grandissait sous l'action de l'eau et les éboulements dus aux rayonnements.

Ret Dinu le sentait littéralement réfléchir, calculer par quel moyen tous deux pouvaient se tirer de ce guêpier. Rod le surprenait par son sang-froid et son dynamisme, par son souverain mépris de la mort. Plusieurs fois, il avait répliqué au tir lominate en s'exposant dangereusement, notamment quand il avait fallu s'emparer des explosifs. Dinu n'oublierait jamais l'infernale course de Rod, sous le feu ennemi, entre les disques de peralium, les antennes hémisphériques, les tuyaux cylindriques, les transformateurs. Il avait littéralement joué à cache-cache avec la mort entre les armatures composées de barres, de tiges et de raccords tubulaires...

— Nous n'allons pas périr dans ce trou, gronda Rod. Tu vas me couvrir, essayer de détruire les lampes de secours, occuper suffisamment les Lominates pour qu'ils ne pensent pas qu'un homme peut se glisser jusqu'à eux le long de la paroi.

Dinu avala péniblement sa salive.

— Si tu fais ça, capitaine, nous nous retrouverons ailleurs sous forme d'atomes gazeux électrifiés! lâcha-t-il en manière de plaisanterie mais surtout pour masquer son émotion.

Rod le dévisagea, un rictus au coin des lèvres.

— Quand le canon sera braqué sur nous, rien ne pourra nous sauver, Ret. Couvre-moi, j'y vais!

Dinu ouvrit le feu sur les galeries, parvint à toucher une lampe de secours. Toutes les lumières s'éteignirent en même temps, une gerbe de brûlantes étincelles à l'odeur de peralium s'échappa du boîtier de connexion, et un bleuâtre flamboiement gicla dans la galerie centrale par une bouche d'aération du mur ouest. Rod boula entre les débris, se faufila vers la plus proche galerie, ouvrit le feu sur trois soldats qui venaient d'allumer une lampe portative. Les trois hommes se cabrèrent sous la décharge, les reflets de la lampe éclairèrent une face humaine tordue par la souffrance, puis la désintégration fit son œuvre et Rod se trouva subitement maître de cette galerie secondaire.

Derrière son abri de plombex, Ret Dinu tiraillait comme un forcené, changeait constamment de position pour faire croire que Rod était toujours avec lui. Ce dernier s'empara de la lampe. Le roulement se rapprochait de l'extrémité de la galerie centrale. Un peu partout on palliait le court-circuit en allumant des lampes portatives. Personne n'avait remarqué la sortie de Rod.

Rod fonça dans la galerie, s'éloignant résolument des ruines des diffuseurs électroniques, de Ret Dinu. Il avait la certitude que toutes les galeries se rejoignaient. S'il parvenait assez rapidement à ce carrefour, il aurait la possibilité de prendre les Lominates à revers, de détruire le canon...

Il accéléra sa course.

***

Psam coula le *Garan* entre deux traits désintégrants, le fit se cabrer en chandelle. Les space-chasses étaient des bâtiments légers, armés de deux canons. Leur vitesse de pointe était supérieure à celle de la spatiofusée mais leur manque de maniabilité flagrante avait conduit les nautes à interrompre la fabrication de cet appareil.

Par un détour quelconque, le général Spah avait réussi à acheter les bâtiments que l'état-major obicérien destinait à la ferraille. Psam connaissait parfaitement ces petits vaisseaux d'interception, savait que la mobilité du *Garan* lui permettrait de contrer victorieusement les attaques trop rapides des space-chasses. Il feignit d'amorcer une fuite au 830. Sa position était pour l'instant supérieure, en altitude, à celle des chasseurs adverses.

Ceux-ci virèrent. Une courbe longue, interminable, qui les amena dans le sillage du *Garan*, l'un derrière l'autre. Sur son écran de combat, image arrière, moins environ sept cents mètres d'altitude et à une distance de deux kilomètres; Psam vit le second bâtiment s'encadrer dans le collimateur gradué du galaxitrome de tir. Psam libéra les deux missiles nucléaires correspondants.

Avec une foudroyante vélocité, les deux engins jaillirent des tubes, fendirent l'espace, tête chercheuse braquée sur le chasseur toujours cadré dans le collimateur du galaxitrome. Le pilote lominate tenta une manœuvre désespérée quand son minuscope se mit à hurler. Il parvint à éviter le premier missile mais le second rectifia sa ligne de vol et vint exploser au centre de la coupole de pilotage. La violence de la déflagration ébranla le ciel. L'autre space-chasse et le *Garan* furent balayés par l'onde de choc. Des débris incandescents giclèrent tandis que le terrifiant champignon atomique éclatait, blanc comme un lis, avec des bordures multicolores et un centre sanglant.

Psam enregistra une série de départs rayonnants à la pointe de la coupole de tir du dernier chasseur. Un pointillé fulgurant atteignit le *Garan* à l'instant précis où Psam déclenchait un tir désintégrant par ses trois canons latéraux.

Deux propulseurs encaissèrent de plein fouet. Le *Garan* se mit à déraper sur la droite sous la poussée déséquilibrée de ses quatre propulseurs intacts. Simultanément,

Psam enregistrait la désintégration du dernier chasseur lominate. Il eut un rire sauvage, qui se bloqua très vite dans sa gorge. Le *Garan* ne répondait plus aux commandes, attaquait une parabole plongeante en direction de la montagne hérissée de pics déchiquetés. Psam banda ses muscles afin d'empêcher son bâtiment d'accentuer cette courbe fatale mais rien n'y fit. C'était comme s'il tirait sur les rênes d'un cheval emballé.

Sur l'altimètre, la distance qui séparait le bâtiment du sol diminuait à vue d'œil. La mort dans l'âme, Psam dut se résoudre à faire fonctionner le système de sa capsule éjectable de survie. Il repoussa le levier, les parois de la cabine se refermèrent autour de lui et, aussitôt, l'éjecteur explosa. La coupole du *Garan* s'ouvrit et la capsule bondit dans le ciel rouge, irisée, avec une traînée d'or.

Quand le voile noir, dû à la fantastique accélération de la capsule, se dissipa devant les yeux de Psam, il vit le *Garan* piquer vers la brume. Maintenant elle n'était plus que fumée légère, tous les détails du sol étaient visibles : les pentes de la montagne parsemée de rocs, les deux lacs, la plaine et la forêt où continuaient de brûler une partie de la base, quelques arbres, des buissons.

Le *Garan* s'écrasa, la moitié de sa coque rebondit tandis qu'explosaient ses munitions, que s'enflammait son carburant microconcentré. Des morceaux de rexylium tordus montèrent vers la capsule de Psam, tombèrent en pluie...

Psam déclencha les rétrofusées de la capsule à cent mètres du sol. Il y eut une brutale décélération. La capsule parut reprendre de l'altitude, mais elle continua de descendre, lentement, crachant le feu par ses tuyères inférieures. Elle se posa durement, s'ouvrit d'elle-même et Psam reprit contact avec le sol. Il disposait de dragées nutritives et réhydratantes, d'une tente-bulle, d'un sac de couchage, d'un émetteur périodique destiné à indiquer sa position, d'un fusil thermique et de vêtements climatisés...

Il bourra un sac de dragées, y glissa le sac de couchage et la tente-bulle gonflable, prit le fusil thermique et se mit en marche en direction de la base. Tom Rod et son raider l'avaient sauvé. Même au risque de sa vie, il avait le devoir de leur rendre la pareille.

Une fois dans la plaine, Psam fit halte pour observer le ciel. Il était vide. Donc les pilotes des deux appareils abattus n'avaient pas eu le temps de donner l'alerte à leur spatiodrome. Si aucune patrouille ennemie ne traversait le ciel de Ezhache, si nul ne s'inquiétait du silence de la Base Mauve ni de celui des deux chasseurs, peut-être que rien n'était encore perdu.

Psam se mit en marche sous les deux soleils brûlants de Whrane. Pour traverser la plaine il lui faudrait un peu plus de soixante minutes.

***

En se coulant dans l'ombre, Rod arriva à proximité du rond-point. Ainsi qu'il l'avait supposé une dizaine de galeries y aboutissaient. Elles étaient parcourues par de nombreux soldats équipés de lampes portatives et d'outils, déjà en train de réparer les dégâts causés par les explosions et le court-circuit.

D'autres hommes poussaient un gros canon thermique antiaérien monté sur une plate-forme roulante. La chaleur terrible dégagée par ce canon provoquerait infailliblement la fonte du plombex derrière lequel Ret Dinu s'abritait. Chez les Lominates, on se préoccupait des nautes mais pas plus qu'il ne le fallait. Deux hommes n'allaient pas semer la panique dans la base. On les avait cernés. Leur mort n'était plus qu'une question de temps...

En attendant qu'une section d'assaut règle leur compte aux deux raiders de la Sûreté Spatiale, on remettait en état le circuit électrique, les installations radios et les téléradars.

Il faisait relativement sombre dans les galeries, mais Rod sut qu'il ne pouvait d'emblée se risquer sur le rond-point. Sortant de la galerie, alors qu'aucun sous-officier n'y avait pénétré, il ne ferait pas dix pas sans être identifié et abattu sans autre forme de procès. Il portait la combinaison de Jon Lork. De loin cela pouvait tromper les soldats, à condition, toutefois, que leur attention ne soit pas d'abord attirée sur lui par une fausse manœuvre.

Conscient de la fuite du temps, Rod éteignit sa lampe et s'embusqua. Comme une araignée espérant une proie, il guetta les hommes qui s'activaient sur les transformateurs et les lignes grillées... Plus loin, on poussait le canon. La progression était lente, malaisée. Non prévue pour cette besogne, la plate-forme cahotait en s'accompagnant de ce sourd roulement qui gommait les autres bruits.

Un lieutenant survint, inspecta le travail effectué par l'équipe chargée de réparer les connexions. Son thermique en bandoulière, il palpait d'une main les fils groupés, s'éclairant d'une lampe tenue à main gauche, attentif à déceler les lignes rendues inutilisables par le court-circuit.

Statufié dans l'ombre, Rod le laissa venir, tous muscles bandés. S'il manquait son coup, ce serait sa fin. Un cri, un geste de trop, un objet tombant bruyamment sur le sol de bétacier et les soldats voleraient au secours du lieutenant... Ignorant du danger, ce dernier continuait d'avancer, palpant consciencieusement chaque fil, chaque attache, serrant la lampe dont le réflecteur éclairait durement son visage, creusant ses traits, faisant briller ses yeux.

Quand il fut à portée, Rod le frappa à la nuque avec une force inouïe. Les vertèbres craquèrent. L'homme poussa un soupir rauque, s'affaissa brusquement. Rod le retint, rattrapa la lampe et tira le lieutenant dans les ténèbres...

CHAPITRE VII

Le canon thermique n'était plus qu'à cinquante pas de son but quand Rod bondit sur la plate-forme. En combinaison de sergent lominate, les traits estompés par la visière de la casquette, il était méconnaissable.

— Ecartez-vous! aboya-t-il. Reculez! Nous venons d'apprendre que ce canon a été saboté! Il peut exploser d'une seconde à l'autre! Arrière! Arrière! Sauve qui peut!

Il y eut un bref flottement puis, comme une vague qui se retire, les soldats reculèrent précipitamment vers le rond-point, tournèrent bientôt les talons pour s'éloigner plus vite. Rod fit pivoter la pièce sur son socle, ajusta les fuyards et ouvrit le feu. Le rayon jaillit, carbonisa les hommes, vitrifia les parois de la galerie, inonda le rond-point d'une mer de flammes, tordit les outils et les armes...

— A moi, Ret! hurla Rod en bondissant à terre.

Dinu surgit comme un diable de sa boîte, souriant d'une oreille à l'autre.

— Quel travail, capitaine! Je suis sûr que tu as, d'un seul coup, grillé plus de la moitié de l'effectif lominate! Par l'Espace! Ils ont grillé comme des vulgaires saucisses!

— Arrive! Nous bénéficions de l'effet de surprise et pouvons nous rendre maîtres de la base en agissant vite!

Ils foncèrent, armes braquées, sautèrent par-dessus les corps recroquevillés par la terrifiante chaleur thermique. D'autres avaient littéralement été thermolysés, leurs cendres se dispersaient déjà sous l'effet des déplacements d'air. Aussi loin que la vue portait, rien ne vivait. Les parois étaient noircies, les lampes avaient éclaté, les fils avaient brûlé...

D'une rare intensité, le rayonnement avait même débordé du rond-point pour lécher l'amorce des galeries adjacentes. Là, il y avait d'autres morts. La conjoncture interdisait aux deux nautes de les dénombrer mais, compte tenu du fait que les Lominates paraissaient s'être rassemblés ici afin d'effectuer des réparations tout en procédant à la liquidation de leurs adversaires, les survivants ne devaient pas être nombreux!

— Par là! intima Rod.

Ils continuèrent vers des lumières, en direction d'une partie de la base qui avait manifestement échappé à la panne électrique. Tout au long de la galerie était un rail d'écartement réduit, pas plus de cinquante à soixante centimètres, dont les deux hommes ne comprirent pas l'utilité. Ils ralentirent en apercevant un second rond-point où quatre soldats montaient la garde, fusils à la bretelle.

Installé dans un réduit creusé dans la paroi, il y avait une sorte de bureau, ou de tourelle de commandement, entièrement velaxée. A travers cette matière transparente, on apercevait une poignée d'officiers lominates en conférence, ou en grande conversation, avec deux hommes âgés et portant une blouse blanche, des lunettes, au large front dégarni.

— Nous approchons de notre but, Ret, murmura le capitaine-raider en serrant son fusil désintégrant. Si je ne me trompe, ces officiers représentent l'état-major de la Base Mauve... Capturons-les, emmenons-les à

Obicera et ils nous donneront tous les renseignements dont nous avons besoin.

Dinu eut une expression dubitative.

— Tout à l'heure ta communication avec le *Garan* a été interrompue net. S'il est arrivé quelque chose à ce bâtiment, comment transporterons-nous autant de monde dans notre constellation?... Dix femmes, vingt savants, les officiers lominates!

Rod haussa les épaules.

— En larguant les missiles, en laissant l'autoscooter sur Ezhache, nous pourrions en transporter le double... Mais il nous faut d'abord liquider les gardes sans être touchés. Passe devant moi, donne ton arme... Mains à la nuque, tu es mon prisonnier... Et n'oublie pas de plonger à mon signal.

— Compte sur moi, grommela Dinu.

Ils avancèrent, l'un suivant l'autre. Dans sa combinaison de naute, Dinu ne pouvait manquer d'attirer l'attention des gardes. L'un d'eux demanda à Rod :

— Je vois que vous en tenez un, sergent, qu'est devenu l'autre?

— Carbonisé! renvoya Rod en se démasquant brusquement, un fusil dans chaque main. Au sol, Dinu!

Simultanément il tira.

Deux gardes se diluèrent dans l'air, le

troisième se jeta à terre, le quatrième sprinta vers l'escalier permettant d'accéder au bureau occupé par les officiers qui, en raison de leur position élevée, n'avaient pas la possibilité de voir ce qui se passait à l'aplomb de la paroi rocheuse. Un trait de feu passa au-dessus de Dinu qui venait de plonger. Rod répliqua en tirant de la hanche. Le garde allongé sur le sol de bétonrexylium s'illumina fugacement, sa silhouette flamba pendant une fraction de seconde, puis il disparut avec son arme et son uniforme...

Ret Dinu hurla :

— Attention à l'autre, Rod!

Brusquement immobilisé au milieu de l'escalier, le dernier soldat ajustait les deux nautes au fulgurant. Un rayonnement traçant jaillit du canon de son arme, sorte de pointillé lumineux dont chaque trait était mortel. Dinu effectua un roulé-boulé pour se mettre hors de portée. Rod se plaqua à la paroi, répliqua par brèves rafales dans le souci de ne pas détruire l'escalier. Il supposait que les officiers disposaient d'une autre issue, probablement d'un ascensiobulle conduisant directement en surface et dans les autres niveaux de la base.

Auprès de Rod le bétonrexylium se mit à

crépiter sous l'impact des traits électriques haute tension. Chaque traçant se rapprochait de lui qui, parce qu'armé, devenait la cible prioritaire du garde lominate fort de sa position surélevée. Par son harcèlement, il obligeait Rod à s'incruster à la paroi de la galerie, le privait de l'usage de ses deux fusils. Fabriqués en rexylium, ils devenaient des antennes conductrices d'électricité. Rod était en danger.

Mais l'autre danger, peut-être le plus grave, était constitué par le fait que les officiers réunis dans le bureau pouvaient maintenant apercevoir le pointillé lumineux du fulgurant à travers les baies en velax. Plus la situation durait et moins les nautes auraient de chances de capturer les officiers.

— Passe-moi un fusil! cracha Dinu.

Il était à plat ventre, le flanc collé à l'autre paroi de la galerie, au sein d'une zone ombreuse. Rod lui expédia un désintégrant. Dinu l'attrapa adroitement, ouvrit instantanément le feu sur le soldat. Ce dernier avait progressé tout en tiraillant. Il s'accroupit pour se soustraire à l'attaque de Ret Dinu et Rod en profita. Il fit un pas à gauche, ajusta posément son adversaire, lui expédia deux rayonnements. Le premier désintégra la rampe métallique de l'escalier.

Le second frappa l'homme en pleine poitrine. Il s'irradia, se liquéfia pendant une fraction de seconde avant de se désintégrer tandis que son arme rebondissait de marche en marche pour venir s'écraser sur le sol.

Yeux étroits, Rod observa les officiers et les deux hommes en blouse blanche. Le bureau devait être insonorisé car personne ne réagit. Maintenant le rond-point était désert ainsi que les galeries. S'il y avait d'autres soldats, ils devaient se trouver aux niveaux inférieurs.

— Allons-y, intima Rod.

Ils traversèrent le rond-point, attaquèrent l'escalade des degrés métalliques sans prendre la peine d'étouffer le martèlement de leurs pas. Dans cette grotte artificielle creusée dans la roche la chaleur devenait intolérable. Depuis que les nautes avaient fait sauter l'installation principale de la base, le système de ventilation ne fonctionnait plus. Dans les niveaux inférieurs, les femmes et les savants connaissaient sans doute de durs moments...

Rod fit halte devant le panneau d'admission du bureau. Il était en bétacier opaque, ne comportait aucun système d'ouverture extérieur. Les deux hommes échangèrent un coup d'œil. La partie n'était pas gagnée. Si on refusait de leur ouvrir, ils n'auraient d'autre solution que de désintégrer le panneau. Vu son épaisseur, l'opération durerait assez longtemps pour que les officiers aient le loisir de s'emparer de leurs armes. A la suite de quoi tout pourrait se produire, y compris la mort de Rod et de son équipier.

Ret Dinu dévisagea son raider, l'expression infiniment perplexe.

— Que faire? chuchota-t-il.

Sans un mot, Rod lui montra un petit cercle moins opaque que le panneau. C'était un viseur panoramique en supervelax. Il était difficile de le déceler au premier coup d'œil tant sa teinte se confondait avec celle du battant coulissant.

— Accroupis-toi, conseilla Rod, et souhaitons que mon uniforme de sergent soit un sésame...

Dinu se baissa afin d'entrer dans l'angle mort du viseur et Rod frappa le panneau de la crosse de son fusil. Il y eut un instant de silence puis une voix phonique demanda :

— Que voulez-vous, sergent, et pourquoi n'avez-vous pas utilisé l'avertisseur?

— Excusez-moi, répondit Rod, les circuits électriques sont grillés et je pensais que l'avertisseur ne fonctionnait plus... Les deux nautes ont réussi à s'emparer de notre canon thermique, la situation est grave... J'ai besoin d'instructions immédiates.

Il entendit quelques exclamations. Un déclic se fit entendre et le panneau d'admission coulissa en démasquant un colonel, un commandant, deux capitaines et un adjudant. Les deux hommes en blouse blanche se tenaient en retrait.

Rod braqua son désintégrant.

— Je suis le capitaine Tom Rod, en mission spéciale sur ordre de la Sûreté Spatiale! lâcha-t-il. Déposez vos armes et levez les mains!

La stupeur et l'incrédulité se peignirent sur les visages. L'adjudant eut un geste vers son fulgurant, se pétrifia en voyant surgir Ret Dinu. Les deux hommes en blouse blanche contournèrent le bureau. Ils avaient certainement dépassé la soixantaine.

— Par le Cosmos! s'exclama l'un d'eux, comment avez-vous pu arriver jusqu'à nous capitaine? Nous désespérions de revoir un jour un représentant de notre galaxie!

— Qui êtes-vous? s'enquit Rod tandis que son équipier raflait les armes et procédait à la fouille rapide des officiers.

— Je suis le professeur Agra, et voici le professeur Saud... Nous avons été enlevés sur Vator voici à présent plus de sept années! Contre notre volonté nous avons dû travailler dans le laboratoire de cette base pour mettre au point un champ de force négative et une brume de camouflage nommée plamium!

— Par l'Espace! lança Saud, c'est le plus beau jour de notre vie, capitaine Rod! Tuez ces barbares et allons délivrer les nôtres au sous-sol!

Rod eut un rictus.

— Un instant, professeur, nous devons avant tout assurer notre sécurité...

Il fit face aux officiers, s'adressa au colonel.

— Vous êtes vaincu. La plupart de vos hommes ont péri, vos installations sont détruites et vous n'avez plus le moyen de prévenir votre planète mère. Nous disposons d'un astronef d'exploration à bord duquel nous allons rapatrier vos prisonniers et vos prisonnières... Je vous pose une question, colonel. Si vous ne répondez pas, ou si vous feignez d'ignorer la réponse, je vous désintègre instantanément. Question : le quartier général de Spah est installé sur quelle planète de la constellation de Whrane?

Le colonel resta muet et détourna les yeux. Rod appuya sur le déclencheur de son fusil. Il y eut un éclair, le colonel hurla, bras levés, puis son corps s'irradia, se fondit, se désintégra brusquement...

Rod pointa son fusil sur le commandant.

— Même question, dit-il, et même châtiment si vous ne répondez pas. Vous avez quinze secondes.

Ret Dinu intervint, sourcils froncés, l'œil noir.

— Une minute, Rod. Cet homme ne serait-il pas le commandant Herk?

— C'est lui! révéla le professeur Agra.

Dinu alla coller le canon de son arme dans le ventre mou du commandant. Grimaçant il dit :

— Il semble que nous ayons un point commun, Herk, fils de porc! Je suis le fiancé de Soria Vul! Ah! je vois que cela te fait de l'effet... Réponds à mon capitaine sinon je te transforme en atomes divagants!

Herk secoua la tête, donna un léger coup de pied en arrière. Quelque part dans le sous-sol un sourd grondement retentit. Tous dressèrent l'oreille. Les savants paraissaient soudain inquiets. Le professeur Saud, le plus vindicatif des deux, marcha sur le commandant Herk.

— Qu'avez-vous fait, assassin? demanda-t-il d'une voix brisée par l'émotion.

Herk ricana, braqua sur Saud son regard de plomb.

— Je viens de faire sauter vos collègues et les femmes... Ils ne partiront pas vivants d'ici, vous pas davantage... (il fixa Dinu) Tu n'auras plus jamais Soria Vul, imbécile! Je...

Dinu le désintégra avec rage d'un rayonnement au bas-ventre. Pendant quelques dizièmes de seconde il se délecta de l'épouvantable souffrance exprimée par Herk, puis l'homme s'estompa, fut gommé du bureau et Dinu se sentit brisé, vidé de toute substance, sans nul ressort.

Le professeur Saud tendit l'index sur les deux capitaines et l'adjudant.

— Tuez-les! jappa-t-il. Ce sont des tortionnaires, des assassins! Sous nos pieds il y a peut-être d'autres charges de T.B.V. reliées à ce bureau par d'invisibles contacts de mises à feu! Tuez-les, capitaine! Tuez-les avant qu'ils ne nous fassent sauter!

L'adjudant se déplaça malencontreusement à cette même seconde. Rod le désintégra immédiatement. Se croyant directement menacés, les deux capitaines se ruèrent sur Rod qui ne put que les réduire en poussière... Cela n'avait duré que quelques secondes. Dans le bureau il ne restait que les deux savants, Dinu replié sur sa peine, Rod dont le fusil était chaud, et une infime et impalpable poussière qui flottait dans le vide...

— Comment descend-on au sous-sol? demanda Rod d'un ton glacé. Il y a peut-être des survivants en bas.

— Suivez-nous, invita le professeur Agra.

Ils firent coulisser un panneau, s'engagèrent dans un couloir chichement éclairé. Rod prit l'épaule de Dinu, le secoua doucement.

— Viens, Ret, il reste encore une chance.

Dinu le suivit silencieusement. Il avait les yeux secs mais un nerf battait furieusement la charge sur son front couvert de sueur. Derrière les savants, les nautes s'enfoncèrent dans les entrailles de la terre. Le couloir devint boyau et, finalement, les quatre hommes butèrent sur un amoncellement de pierres, d'argile et de roches. L'éboulement interdisait toute progression.

Agra eut un geste d'impuissance.

— Rien à faire, déplora-t-il tristement, ce sinistre Herk savait comment disposer des charges de T.B.V. pour provoquer un maximum de dégâts... Sur Broz, Dunz ou Sepz, nous n'avons jamais su laquelle, il dirigeait un camp de concentration où furent commises d'invraisemblables atrocités... Hélas!

Herk n'est plus mais ce camp demeure.

Rod consulta le cadran phosphorescent de sa montre.

— Si nous ne pouvons porter secours aux dernières victimes de Herk, dit-il, nous devons partir.

Saud acquiesça, fit demi-tour.

— Venez, il faut faire vite! Herk n'a fait qu'un mouvement du pied et le sous-sol s'est effondré! On ne pourrait jurer que ce même coup de pied n'a pas mis en mouvement un système d'explosion à retardement! Pressons, allons, Agra, pressons!

Ils trottinèrent devant Rod et Dinu. Leur hâte témoignait de leur peur. En sept ans de captivité, ils avaient dû assister à des scènes d'horreur défiant l'imagination la plus délirante.

Les quatre hommes repassèrent par le bureau, empruntèrent une galerie prenant naissance sur le premier rond-point. Plus loin Rod fut en mesure de prendre la tête de son petit groupe. Dinu fermait la marche. Au fil des minutes son expression et son attitude se modifiaient. Maintenant il avait les maxillaires crispés, une ride profonde entre les sourcils, les yeux pesants comme du mercure.

Rod passa auprès du canon thermique,

entraîna son monde vers la sortie principale de la Base Mauve. Comme plus rien ne fonctionnait, il fallut désintégrer l'épais panneau de sortie avant de se retrouver à l'air libre, dans la lugubre clarté rouge des deux soleils de Whrane, l'insoutenable chaleur diurne d'Ezhache et... sous la menace du fusil de Mum Psam embusqué derrière un arbre.

— Bon sang! cria-t-il, je n'ai jamais été aussi heureux de voir un compatriote, Tom Rod! Après cette explosion qui fit trembler le sol, je te croyais défunt! Ouah!

Mais son enthousiasme tomba en voyant l'expression de Ret Dinu. Rod le prit à l'écart, lui expliqua comment une trentaine de personnes avaient péri dans l'explosion. Précisa que la fiancée de Dinu était du nombre... Psam raconta son duel contre les chasseurs lominates, parla de la fin du *Garan* et, quand les savants s'en mêlèrent, la conversation devint générale.

Dinu sortit de son silence et lâcha :

— Dépêchons-nous si nous voulons avoir une chance de rejoindre l'*Ouragan* avant l'intervention d'une patrouille aérienne. J'ai un trop grand besoin de vengeance pour mourir idiotement sur cette terre de malheur!

Rod approuva.

— Il a raison. Le quartier général lominate est depuis trop longtemps sans nouvelles de sa base expérimentale pour ne pas intervenir avant peu. Hâtons-nous!

Ils forcèrent l'allure à la suite des professeurs auxquels la crainte d'être repris donnait des ailes.

CHAPITRE VIII

L'*Ouragan* venait de crever la barrière atmosphérique de Ezhache. La planète maudite n'était plus qu'un globe vaporeux, baignant dans sa clarté sanglante. Aussi loin que la vue portait, le ciel était vide et les téléradars, le minuscope, le galaxitrome et le cadran cosmique ne signalaient aucune présence suspecte à des dizaines de biocromètres à la ronde.

A cause des professeurs, Rod avait simplifié à l'extrême l'embarquement de ses passagers en gagnant la spatiofusée à bord de l'autoscooter. D'un coup de propulseurs, le bâtiment s'était arraché à sa prison liquide pour venir se poser sur la grève. Puis ç'avait été le véritable départ, la vertigineuse plongée dans l'espace avec l'assistance éclairée de Mum Psam. A présent l'*Ouragan* naviguait sous la direction de son pilote automatique.

Tout en écoutant les savants lui parler d'une arme absolue que le général Spah comptait prochainement utiliser pour conquérir la galaxie, Rod se disait qu'il n'avait qu'à moitié réussi sa mission. Certes il revenait avec Psam et deux savants, après avoir détruit la base expérimentale, mais Soria Vul avait perdu la vie dans l'aventure et l'arme absolue dont on l'avait chargé de percer le secret conservait son mystère.

Car Agra et Saud ne savaient rien de précis. Depuis leur enlèvement sur Vator, la planète jaune, ils avaient vécu et travaillé au cœur de la Base Mauve, sans jamais voir le jour, recueillant de temps à autre des bribes de nouvelles par l'intermédiaire des femmes devant lesquelles officiers et soldats se montraient moins méfiants.

— Cette arme est-elle bactériologique? demanda Rod.

— Je ne le pense pas, répondit le professeur Agra. Il s'agit d'une arme nouvelle, mise au point par les scientifiques attachés au général Spah... Cette arme serait si originale qu'elle défierait les ressources de notre imagination. Saud et moi, de même que nos défunts collègues, avons vainement tenté de la deviner...

Mum Psam haussa les épaules.

— Elle n'existe peut-être pas?

Agra le dévisagea gravement.

— Nous croyons qu'elle existe. Nous croyons que le général Spah s'en servira bientôt, peut-être plus tôt que prévu en raison même du raid de l'*Ouragan* contre la Base Mauve; par mesure de rétorsion, par exemple.

Rod acquiesça. Chaque fois que la galaxie avait fait mine de s'en prendre à Whrane, le général Spah avait pris contre Obicera des mesures coercitives analogues à celles que la planète reine avait prises contre lui.

Rod mit fin à l'entretien. Cela ne le concernait pas directement mais intéressait davantage l'état-major placé sous la haute direction du général Alag Micos. Rod alla s'asseoir auprès de Ret Dinu qui, silencieux, observait le cadran astral de combat. Il lui dit :

— Que vas-tu faire quand tu seras de retour chez toi?

— Je ne retournerai pas sur Orgo, répondit Ret Dinu d'un ton décidé. J'irai avec toi à Oxima et, si l'on veut bien de moi, je signerai un engagement chez les nautes de la Sûreté Spatiale... Soria était ma raison de vivre. Elle sera désormais ma raison de mourir en la vengeant.

Rod opina, étendit les jambes.

— Réfléchis encore, Ret. La mort ne vient souvent qu'après un douloureux calvaire... Vois l'exemple de ce malheureux Jon Lork. Nous avions décidé de l'emmener et les circonstances nous en ont empêchés... Il va mourir de faim et de soif dans son creux de roche. Il méritait mieux.

L'*Ouragan* fonçait en hyperlumière vers les six planètes de la 612ᵉ galaxie. Tout allait bien à bord. Il ne restait qu'à expédier un message à Bun Sovu pour lui signaler le retour de l'*Ouragan*.

— Je vais m'engager chez les nautes, répéta Ret Dinu dont la décision était inébranlable. Je suis sûr qu'ils me prendront en tant que mécanicien-électronicien. Surtout si tu interviens en ma faveur, Rod.

— Promis, je parlerai de toi à Bun Sovu. Mais pour le moment je vais essayer de le joindre au visiaphone astral... Je me méfie du téléradar depuis que nous avons la certitude qu'un traître se cache au sein de l'état-major d'Alag Micos.

Il fit pivoter le visiaphone, commuta en émission et lança son indicatif codé dans l'éther. Deux minutes s'écoulèrent. L'écran du visiaphone s'illumina progressivement, puis le visage encore flou de Bun Sovu apparut, se précisa au fur et à mesure que la spatiobulle traçait sa voie fulgurante dans le cosmos.

— Bonjour, Rod, fit le directeur de la S.P., je suis heureux de vous retrouver en bonne forme ainsi que votre équipier et Mum Psam. Qui sont ces deux hommes et qu'est devenu le raider Ed Agor?

Rod répondit à ses questions, lui fit ensuite un résumé des événements que Dinu et lui avaient vécu sur Ezhache. Il parla de la Base Mauve, du massacre inutile des prisonniers par le commandant Herk, des camps de concentration existants sur l'une des trois planètes de Whrane, termina en procédant à l'interrogatoire direct de Agra et Saud, devant l'écran où Bun Sovu était spectateur, à propos de la mystérieuse arme absolue. Quand ils se turent, Sovu commenta mornement :

— Je me doutais que vous n'obtiendriez pas un résultat au premier essai, Rod. Il faudra certainement que nous envisagions une expédition plus élaborée pour avoir une possibilité de percer le secret de cette arme. Mais, auparavant, nous devons nous débarrasser de l'espion qui a communiqué le chiffre clé de la mission à Zeh Eghie.

Veuillez faire le nécessaire pour que nous ayons une conversation privée.

Rod brancha un casque, plaça devant sa bouche un isolant phonique. Le branchement du casque coupait le son et l'isolant phonique empêchait ses propres paroles de se propager dans la cabine.

— Vous pouvez parler, mon commandant, dit-il, nul ne peut nous entendre.

— Fort bien, Rod. Voilà de quoi il s'agit. Je soupçonne l'un des cinq autres membres de l'état-major d'être en relation avec le commandant Nax, à Loume/Orgo, et avec Hud Maox que, entre parenthèses, nous n'avons toujours pas retrouvé. Je vais annoncer votre retour au personnage que je soupçonne en prétendant que vous avez des renseignements *précis* sur l'arme secrète lominate... Théoriquement, ce personnage devrait faire l'impossible pour que l'*Ouragan* n'arrive jamais au spatiodrome d'Oxima...

— Impossible, intercala Rod, nous sommes désormais à l'abri de toute attaque aérienne.

— J'entends bien. Dans ce cas, on tentera quelque chose contre vous dès votre débarquement de l'*Ouragan*. Bien entendu, toutes les précautions seront prises pour garantir votre sécurité et j'aurai la certitude que l'homme que je soupçonne est vraiment un espion lominate.

— A condition que nul autre ne soit mis au courant de mon retour, précisa Rod.

— Nul ne sera au courant, assura Bun Sovu. Notre actuelle conversation se tient sur une longueur d'onde inhabituelle qu'aucun poste civil ou militaire n'est en mesure de capter...

Rod eut un sourire étroit.

— Je vous fais confiance, mon commandant. Est-ce en vue de cette opération que vous n'avez pas arrêté le commandant Nax?

Bun Sovu acquiesça, eut un regard pour les autres occupants de la cabine. Par discrétion, pour ne pas que l'on pense qu'ils essayaient de lire sur les lèvres, ils tournaient carrément le dos à l'écran visiaphonique.

— Je ne l'arrêterai pas tant que nous ignorerons l'identité de son antenne et de ses contacts, Rod... Mettons fin à notre conversation. Je dois tendre mon piège avant votre arrivée.

Il coupa, l'écran s'éteignit.

Rod retira son casque et l'isolant phonique.

Il n'envisageait pas avec enthousiasme

d'être l'objet d'un attentat percutant sur le spatiodrome d'Oxima...

***

L'*Ouragan* se posa dans le quadrilatère désigné par la tour de contrôle. Ses trois béquilles s'enfoncèrent exactement dans les logements de sûreté et Rod coupa les propulseurs. Il manœuvra ensuite le poussoir de sortie. Le témoin d'ouverture du sas clignota, celui du panneau extérieur s'alluma et demeura allumé, celui de descente de l'échelle se mit à clignoter.

— Vous pouvez descendre, dit Rod, je vous rejoins dans un instant au bureau de filtrage. Prenez la navette, elle arrive.

Par le hublot latéral il apercevait effectivement la navette occupée par son pilote et trois nautes en instance de départ. Plus loin, au-delà de la piste de dégagement, il y avait les bâtiments disgracieux et grisâtres du spatiodrome militaire d'Oxima, la tour de contrôle en bétonrexylium et velax, deux terrasses. A gauche de celles-ci, une dizaine de spatiomodules stationnaient en attendant d'être révisés. Rien n'indiquait que le terrain était l'objet d'une surveillance spéciale.

— Je vous offre une tournée! rappela Mum Psam. Ne l'oublie pas, Rod!

Ce dernier sourit.

— Je n'ai pas oublié, tu peux me commander un verre de wehourse avec trois glaçons et une tombée de citron! J'arrive dans cinq minutes...

Psam quitta le bâtiment en compagnie des savants et Ret Dinu. Ils prirent place dans la navette qui poursuivit son tour de circuit. C'était une sorte de taxijet bricolé par les mécaniciens de la base, entièrement décapoté, équipé de sièges-couchettes. Sur sa calandre on avait caricaturé le visage du général Spah, un naute entre les dents en guise de cigare, avec la légende laborieuse et à l'humour plus que douteux : *J'ai fait l'urgent, l'impossible est en train de se faire, pour croquer un naute je demande 24 heures de délai!*

Rod n'eut pas un sourire.

Maintenant qu'il avait écarté ses compagnons, il pouvait se risquer hors de l'appareil, désarmé ainsi que le voulait le règlement, et avec son sac de voyage pour tout bagage. Autrement dit il serait incroyablement vulnérable dès lors qu'il s'encadrerait dans le panneau extérieur de sortie. Il laissa couler quelques minutes, rafla son sac et quitta la cabine. En s'engageant dans la coursive centrale il ne put s'empêcher de penser à la fin de Ed Agor alors que le *Garan* venait à peine de se poser sur Ezhache...

En définitive, la mort du superaid n'avait jamais été expliquée. Psam supposait que Agor avait été attaqué par une macromofusée H mais, en poussant plus avant l'analyse de cette éventualité, on comprenait très vite que la macromofusée aurait également pénétré dans le *Garan* pour le détruire. D'ailleurs Ed Agor avait dit, dans son micro, à l'instant où il sortait de la coursive centrale : *Psam! il y a quelque chose dans le sas!...* A la suite de quoi Psam avait inspecté le sas au téléradar et l'avait trouvé vide. Ce qui n'avait pas empêché Agor d'être proprement désintégré, après avoir manifesté une grande émotion et vainement tenté de sortir son arme...

J'ai vu une sorte d'éclair bleuâtre, avait dit Mum Psam, et, brusquement, Agor se transforma en lumière et chaleur.

Rod revint sur ses pas. En dépit du règlement, il ne marcherait pas à la mort comme un crad allant à l'abattoir. Il s'empara d'un pistolet désintégrant, le dissimula sous son sac pendu par la bretelle à son épaule gauche. En cas de besoin, il aurait ainsi la possibilité d'ouvrir le feu en une fraction de seconde. Moins anxieux, Rod refit le chemin jusqu'à la moitié de la coursive, stoppa net.

De l'endroit qu'il occupait, il découvrait la partie centrale du sas, l'ouverture circulaire du panneau extérieur grand ouvert, la passerelle, une section de la piste de dégagement et, tout à fait à l'arrière-plan, les bâtiments gris du spatiodrome où quelques mécaniciens-électroniciens et des nautes circulaient sans hâte.

La navette était à l'autre extrémité du terrain.

Le silence régnait, rien ne bougeait.

Pourtant Rod sentait qu'il n'était pas seul dans la spatiofusée. Il avança lentement, la main crispée sur la crosse quadrillée de son désintégrant, les yeux amincis, avec prudence mais sans réelle crainte. Il était psychologiquement conditionné par l'avertissement du commandant Bun Sovu. S'attendant à être agressé, il avait comme tout un chacun tendance à imaginer qu'un danger immédiat le guettait, voyait une menace de mort là où il n'y avait peut-être rien...

Domptant son appréhension, il avança encore, fit le dernier pas, celui qui le portait dans le sas et, avec une curieuse lenteur, un objet translucide se décolla de la paroi et vola tout aussi lentement vers lui. Cela avait une forme d'étoile aux pointes arrondies. Chacune était munie d'un distordeur-émetteur à désintégration. Rod sut qu'il distinguait les détails de l'objet parce qu'il le voyait à contre-jour, grâce au merveilleux soleil d'Obicera. Sur Ezhache, et dans sa nuit jaune, Ed Agor n'avait vu qu'un objet informe, presque invisible. Sans en deviner la destination il en avait senti la menace, d'où son recul précipité et sa vaine tentative pour dégainer le fulgurant coincé dans son baudrier.

Rod crut distinguer des animalcules au centre de l'étoile et, soudain, il éprouva la sensation redoutable qu'un esprit souverain essayait de prendre possession de sa volonté. Avec un rugissement il arracha son arme, ajusta la Chose, tira.

Il y eut un crépitement, l'étoile s'illumina comme mille soleils, un visage grimaçant hurla, puis, d'un coup tout s'effaça et il ne resta plus dans le sas qu'une sorte de pâle luminosité, une vague traînée nébuleuse parsemée de matières raréfiées de forme irrégulière, comme Rod en voyait fréquemment en atmosphère stellaire.

Rod se secoua, recouvrit pleinement sa lucidité, examina soigneusement le sas.

Aucune autre étoile n'y était à l'affût. Les parois étaient intactes alors que le rayonnement du pistolet désintégrant aurait logiquement dû entamer le rexylium...

Les animalcules, le visage grimaçant qui était humain sans l'être réellement, cette explosion de lumière qui ne l'avait cependant pas aveuglé, les distordeurs-émetteurs à désintégration! Qui avait pu réalisé un tel amalgame, un aussi invraisemblable « alliage », ou une aussi extraordinaire « réunion », humaine-animale-matière?

Etait-ce un échantillon de l'arme absolue du ténébreux général Spah? Une vision futuriste, une sensation maladive provoquée par une trop grande tension nerveuse? Rod eut pour lui-même un ricanement de dérision. Il n'était qu'un malheureux bipède, un pauvre humain à la recherche de raisons rassurantes.

Il avait bel et bien été agressé, exactement comme l'avait été le raider Ed Agor, et s'il ne s'était souvenu à temps du rapport de Mum Psam, son corps ne serait plus en cet instant que poussière d'énergie pure... Dehors, là où le contre-jour n'existait plus, une autre étoile transparente le guettait sûrement. Si on avait décidé de le tuer au moyen de cette arme diabolique il n'échapperait pas à la mort... Sauf s'il parvenait à « confier au général Alag Micos les renseignements *précis* qu'il était censé détenir sur l'arme secrète lominate ».

Alors, et même si les renseignements en question se révélaient faux, sa mort deviendrait inutile. Rod fit demi-tour, retourna s'asseoir au poste de pilotage. En dix secondes il referma le panneau extérieur, bloqua le sas, mit son bâtiment à l'abri d'un mur magnétique que seules les ondes avaient la faculté de traverser. Ceci fait il forma l'indicatif de Bun Sovu. L'écran visiophonique signifia que le directeur de la Sûreté Spatiale n'était pas dans son bureau, un numéro d'appel se forma, un second suivit, mais ce ne fut qu'au troisième essai que le visage de Sovu apparut sur l'écran. Il se trouvait dans un autojet. Les bâtiments du spatiodrome se profilaient à l'arrière-plan. Il demanda abruptement :

— Que se passe-t-il, Rod? Pourquoi ne quittez-vous pas l'*Ouragan?*

Rod vérifia qu'il était seul dans l'autojet et répondit :

— J'ai été agressé, vous pouvez arrêter votre suspect... Ne soyez pas surpris, mon commandant, l'arme qu'on a utilisée contre moi est invisible, sauf si l'on bénéficie de certaines conditions d'éclairage, ce qui fut mon cas. Je n'en jurerais pas, mais il est probable que cet engin est l'arme absolue du général Spah.

L'expression de Sovu se modifia.

— De quelle sorte d'arme s'agit-il, Rod?

Rod secoua la tête.

— Impossible à expliquer en quelques mots. Vous comprendrez quand vous lirez mon rapport. Puis-je savoir qui est le traître?

— Le lieutenant-colonel Mezhir, fit sombrement Sovu, sans risque d'erreur puisqu'il était le seul à savoir quand et où l'*Ouragan* se poserait. Il sera sous les verrous dans un instant. Quant à vous, je crois qu'il vaut mieux que vous quittiez Oxima pour aller atterrir au camp d'entraînement de Huklos. Vous réapparaîtrez lorsque Mezhir aura comparu devant ses juges. Hum! Pour vous aider à taper votre rapport, qui désirez-vous que je vous envoie? Je souligne que Lonia Imis est très désireuse de vous revoir...

Rod eut un rictus.

— Pas pour l'instant, merci, déclina-t-il. Je ne veux pas que Lonia soit mêlée à cette affaire tant que Mezhir sera vivant. Je pars pour Huklos, mon commandant.

Bun Sovu acquiesça et mit fin à la communication.

Rod lança les propulseurs, fit décoller l'*Ouragan,* rentra les béquilles et piqua dans la direction du camp d'entraînement. Sa lutte contre Spah ne faisait que commencer, il en avait la certitude. D'ailleurs il n'était pas certain que des étoiles HAM (pour humaine-animale-matière) ne s'étaient pas lancées dans le sillage vaporeux du petit bâtiment d'exploration...

Pour la paix de la 612e galaxie, il lui faudrait, tôt ou tard, percer le grand secret.

FIN

DÉJA PARUS DANS LA MÊME COLLECTION

835.	*Commando sur commande*	Pierre Barbet
836.	*Hier est né Demain*	Jan de Fast
837.	*Principe Omicron*	Maurice Limat
838.	*Marga*	Georges Murcie
839.	*Les vengeurs de Zyléa*	Dan Dastier
840.	*C.C.5 Top secret*	K.-H. Scheer
841.	*La légende des niveaux fermés*	Gilles Thomas
842.	*Jar-qui-tue*	Paul Béra
843.	*L'homme venu des étoiles*	Peter Randa
844.	*Mémoire génétique*	J.-P. Garen
845.	*Quelques lingots d'iridium*	J. et D. Le May
846.	*La flotte fantôme*	K.-H. Scheer et C. Darlton
847.	*La onzième dimension*	M.-A. Rayjean
848.	*L'ancêtre d'Irskaa*	Daniel Piret
849.	*La forêt hurlante*	Gabriel Jan
850.	*Rhésus Y-2*	André Caroff
851.	*Les yeux de l'épouvante*	Jimmy Guieu
852.	*L'homme qui vécut deux fois*	Richard-Bessière
853.	*Le livre d'Éon*	Frank Dartal
854.	*Le prince de métal*	Robert Clauzel
855.	*L'homme qui partit pour les étoiles*	Peter Randa
856.	*L'ongle de l'inconnu*	Paul Béra
857.	*Les fontaines du ciel*	Maurice Limat
858.	*Les forçats de l'Antarctique*	K.-H. Scheer
859.	*Les pétrifiés d'Altaïr*	Piet Legay
860.	*Pas de berceau pour les Ushas*	Jan de Fast
861.	*Interférence*	Daniel Piret
862.	*La mémoire du futur*	G. Murcie
863.	*La louve de Thar-Gha*	Dan Dastier
864.	*Les cerveaux morts*	K.-H. Scheer
865.	*L'Univers fêlé*	J. Mazarin
866.	*Sanctuaire 1*	P. Randa

867.	*La chaîne des Symbios*	M.-A. Rayjean
868.	*Les maîtres verts*	Gabriel Jan
869.	*Le plan de clivage*	Jan de Fast
870.	*Combats sous les cratères*	K.-H. Scheer
871.	*Odyssée galactique*	Pierre Barbet
872.	*Les combattants de Serkos*	A. Caroff
873.	*L'ange aux ailes de lumière*	G. Thomas
874.	*Les jeux de Nora et du hasard*	Jan de Fast
875.	*Le secret des secrets*	R. Clauzel
876.	*Opération soleil levant*	K.-H. Scheer
877.	*La porte des enfers*	J. Hoven
878.	*Le navire-planète*	Daniel Piret
879.	*Obsession Terzium 13*	Dan Dastier
880.	*Anastasis*	P. Randa
881.	*Vega IV*	P. Legay
882.	*Le barrage bleu*	K.-H. Scheer et Clark Darlton
883.	*L'hypothèse Tétracérat*	J. et D. Le May
884.	*Les séquestrés de Kappa*	Dan Dastier
885.	*Reviens, Quémalta*	Gabriel Jan
886.	*Là-bas*	Georges Murcie
887.	*Génération Alpha*	M.-A. Rayjean
888.	*Pouvoirs illimités*	K.-H. Scheer
889.	*L'épaisse fourrure des quadricornes*	J. et D. Le May
890.	*Les pléiades d'Artani*	P. Randa
891.	*Le soleil des Arians*	Dan Dastier
892.	*La cloche de brume*	M. Limat
893.	*Le piège de l'oubli*	J. de Fast
894.	*Les passagers du temps*	P. Legay
895.	*Hors Contrôle*	P.-J. Hérault
896.	*Les maîtres de la matière*	M.-A. Rayjean
897.	*Les roches aux cent visages*	Frank Dartal
898.	*N'approchez pas*	K.-H. Scheer
899.	*Le fils de l'étoile*	Jan de Fast
900.	*Ceux d'ailleurs*	Paul Béra
901.	*Aux confins de l'empire Viédi*	Jan de Fast
902.	*Libérez l'homme !*	Jean Mazarin
903.	*Tout va très bien, Madame la Machine*	Richard-Bessière
904.	*Mission sur Mira*	J.-P. Garen
905.	*Facultés inconnues*	K.-H. Scheer

906. *Impalpable Vénus* Gabriel Jan
907. *L'ordre établi* Christopher Stork
908. *Comme un orgue d'enfer...* Robert Clauzel
909. *Les Androïdes meurent aussi* Dan Dastier
910. *L'île brûlée* Gilles Thomas
911. *L'exilé de l'infini* Piet Legay
912. *Le désert des décharnés* K.-H. Scheer et C. Darlton
913. *Dô, cœur de soleil* Maurice Limat
914. *Palowstown* J.-Ch. Bergman
915. *L'ombre dans la vallée* J.-L. Le May
916. *La peste sauvage* Peter Randa
917. *Triplix* Jacques Hoven
918. *Le règne du serpent* Frank Dartal
919. *Le talef d'Alkoria* Dan Dastier
920. *L'homme alphoméga* Gabriel Jan
921. *Projet Phœnix* Piet Legay
922. *Plus belle sera l'aurore* Jan de Fast
923. *Les bagnards d'Alboral* Peter Randa
924. *Le virus mystérieux* K.-H. Scheer
925. *Les singes d'Ulgor* M.-A. Rayjean
926. *Enjeu : le Monde* Christopher Stork
927. *La cité où le soleil n'entrait jamais* Jan de Fast
928. *D'un lieu lointain nommé Soltrois* Gilles Thomas
929. *Marée noire sur Altéa* Paul Béra
930. *Les roues de feu* K.-H. Scheer
931. *Les Ilotes d'en bas* Peter Randa
932. *Trafic stellaire* Pierre Barbet
933. *37 minutes pour survivre* P.-J. Hérault
934. *Le viaduc perdu* J.-L. Le May
935. *Facteur vie* G. Morris
936. *Sous le signe de la Grande Ourse* K.-H. Scheer
937. *Branle-bas d'invasion* Peter Randa
938. *Dormir ? Rêver peut-être...* Christopher Stork
939. *Aux quatre vents de l'univers* Frank Dartal
940. *Les cités d'Apocalypse* Jean Mazarin
941. *Hiéroush, la planète promise* Jimmy Guieu
942. *Le mutant d'Hiroshima* K.-H. Scheer
943. *Naïa de Zomkaa* Dan Dastier
944. *Un passe-temps* Kurt Steiner

945.	*Les îles de la lune*	Michel Jeury
946.	*La flamme des cités perdues*	Robert Clauzel
947.	*N'Ooma*	Daniel Piret
948.	*Offensive Minotaure*	K.-H. Scheer
949.	*La jungle de pierre*	Gilles Thomas
950.	*Les sphères attaquent*	André Caroff
951.	*Oasis de l'espace*	Pierre Barbet
952.	*Homme, sweet homme...*	J.-Ch. Bergman
953.	*Les lois de l'Orga*	Adam St Moore
954.	*Safari pour un virus*	J.-L. Le May
955.	*Et les hommes voulurent mourir*	Dan Dastier
956.	*Bactéries 3000*	André Caroff
957.	*Venu de l'infini*	Peter Randa
958.	*Le verbe et la pensée*	J.-L. Le May
959.	*... Ou que la vie renaisse !*	G. Morris
960.	*Achetez Dieu !*	Christopher Stork
961.	*Le Maître des Cerveaux*	Piet Legay

VIENT DE PARAÎTRE :

Dan Dastier — *Une autre éternité*

A PARAÎTRE :

Georges Murcie — *Tétras*

Achevé d'imprimer le 20 novembre 1979
sur les presses de l'Imprimerie Bussière
à Saint-Amand (Cher)

— N° d'impression : 1804. —
Dépôt légal : 1er trimestre 1980.
Imprimé en France

PUBLICATION MENSUELLE